KB273732

헤르만 헤세 인생론

인생의 해석

일러두기

· 편역자가 단 주석은 〔 〕 안에 넣었습니다.

헤르만 헤세 인생론

인생의 해석

헤르만 헤세 지음 | 배명자 편역

반니

차 례

설령 하늘에 떠가는 구름밖에 볼 수 없을지라도,

우리가 살아 존재하는 한 기뻐해야 한다.

고난과 역경에 처할지라도 마음의 여유를 잃지 않고

미소 짓는 삶의 자세야말로

운명을 역전시키는 기적의 비밀이다.

프롤로그

우리는 모두 고유한 존재다. 독특하고 특별하고 유일하다. 우리의 인생에는 세상이 담겨 있다. 모든 인생은 한 번뿐이고 반복은 없다. 그래서 모든 인생은 소중하고, 신성하고, 영원하다. 어떻게든 살아내서 자연의 섭리를 완수하는 한, 모든 인생은 훌륭하고 존중받아 마땅하다. 우리는 모두 저마다의 영혼을 빚어냈고, 고통을 견뎌냈고, 구원의 십자가에 못 박혔다.

인생은 자기 자신이 되어가는 여정이다. 그래서 누구도 온전히 자기 자신인 적이 없다. 그럼에도 모두가 온전한 자기 자신이 되기 위해 애쓴다. 어떤 사람은 무겁게, 어떤 사람은 경쾌하게, 저마다 각자의 방식으로 길을 간다.

우리는 모두 원시세계의 점액과 껍질을 갖고 태어나 죽을 때까지 진화한다. 어떤 사람은 인간이 되지 못하고 개구리나 도마뱀 혹은 개미에 머문다. 어떤 사람은 상체만 인간이고 하체는 물고기에 머문다. 그러나 모든 인간은 자연이 던져놓은 존재이고, 모두가 같은 기원을 갖는다. 모두가 같은 심연에서 왔지만, 저마다 자신의 고유한 목적지를 향해 가기 위해 애쓴다. 우리는 서로를 이해할 수 있다. 그러나 서로의 인생을 해석할 수는 없다. 내 인생의 해석권은 오직 내게만 있다.

어린 시절

어린 시절

많은 이들이 자신의 어린 시절을 잊고 사는 것 같다. 유년기는 진리를 향한 갈망, 세상의 근원을 이해하고자 하는 욕구, 조화와 안정을 향한 그리움으로 채워져 있다. 나는 궁금하고 알고 싶은 것이 셀 수 없이 많았고, 무수히 많은 질문을 했지만 대답을 얻지 못해 괴로웠다. 어른들은 어린 나의 질문을 종종 쓸데없는 일로 여기는 듯했고, 가끔은 나의 궁금증 자체를 이해하지 못하는 것 같았다. 어떤 대답은 대충 둘러대는 변명이었고, 어떤 대답에는 심지어 조롱이 섞여 있었다. 그것에 겁먹은 내 영혼은 자라면서 서서히 벗어나고 있던 신화의 세계로 다시 도망치곤 했다.

어린 시절의 이런 호기심과 열망 그리고 '이름을 물어보는 질문들'을 커서도 계속 간직한다면 우리의 인생은 더 진지하고, 순수하고, 경건해지지 않을까? 하늘에 뜬 알록달록 아름다운 저 둥근 다리는 무엇일까? 바람은 왜 살랑살랑 불까? 풀들은 왜 시들었다 다시 피어날까? 비와 눈은 어디에서 올까? 우리는 부자인데, 옆집은 왜 가난할까? 해는 저녁에 어디로 갈까?

어른의 마음에 격렬한 전쟁을 일으키고 양자택일을 강요하는 모순과 대립도, 어린아이의 마음에서는 무한한 상상력 덕분에 마법처럼 나란히 머물 수 있다. 어린아이의 영혼보다 더 기적적이고 놀라운 건 없다. 어린아이의 영혼은 모든 것을 아주 날카롭고 선명하게 경험한다. 그러나 사춘기에 접어들면서 어린아이의 영혼은 점점 흐려지고 종국에는 완전히 사라지고 만다.

내가 아주 어렸을 때

　멀리 갈색 숲이 불과 며칠 사이에 여린 연두색으로 바뀌었고, 나는 오솔길에서 반쯤 열린 첫 꽃망울을 발견했다. 촉촉하고 맑은 하늘에 보드라운 4월의 구름이 꿈꾸고, 쟁기질이 채 끝나지 않은 아직 온통 갈색인 넓은 밭은 뭔가를 요구하듯 따뜻해진 공기를 바라보며 드넓게 펼쳐졌다. 기운을 차리고 봄을 맞이하려는 의지와 소리 없는 갈망의 힘을 수천의 초록 새싹과 줄기로 보여주려는 것 같았다. 모두가 기다렸고, 모두가 준비를 끝냈고, 모두가 꿈꾸었고, 부드럽게 다그치는 은은한 성장의 열기에 모두가 싹을 틔웠다. 새싹은 태양을, 구름은 밭을, 어린 풀은 공기를 마주했다.

　해마다 이맘때면 나는 조바심과 갈망으로 한 시간 넘게 땅을 지켜보곤 했다. 새로운 탄생의 기적을 내 눈으로 목격하기 위해서, 생명이 웃으며 흙에서 고개를 내밀고 커다란 어린 꽃눈이 빛을 향해 열리는 강인하면서도 아름다운 장면을 목격하기 위해서. 해마다 그런 기적은 향기와 소리만 남기고 내 눈을 피해 슬쩍 지나갔다. 그래서 내게 사랑받고, 경배받고, 오해받았다. 이미 와 있지만 나는 그것이 오는 것을 보지 못했다. 씨앗의 껍질이 벗겨지고 봄을 알리는 부드럽고 여린 첫 새싹이 빛을 받아 가볍게 떨리는 순간을 목격하지 못한 것이다. 갑자기 꽃들이 사방에서 피고, 나무들이 빛나는 초록 잎사귀 혹은 거품처럼 새하얀 꽃으로 자기를 드러냈다. 새들이 명랑하게 지저귀며 포근하고 푸른 하늘을 가로질러 아름다운 곡선을 그리듯 몸을 던졌다. 내가 보았든 보지 못했든 기적은 이루어졌고, 숲은 풍성하게 부풀었다. 멀리 산꼭대기가 나를 불렀다. 장화와 가방, 낚싯대와 노를 챙기고, 어린아이의 모든 감각으로, 점점 더 아름다워지고 점점 더 서둘러 떠나버리는 그 기적을 기뻐할 때가 되었다. ─ 돌이켜보면 내가 아직 소년이었을 때의 그 옛날 봄은 얼마나 길고 길었던가!

시간이 허락하고 마음이 내키면, 나는 오래도록 촉촉한 풀밭에 누워 있거나 가까운 나무에 올라 나무의 진과 꽃망울의 상큼한 초봄 향기를 맡으며 얽히고설킨 잔가지들을 올려다보았다. 나뭇잎의 초록과 하늘의 파랑이 내 위에서 아른거렸다. 꿈속에서 장면이 바뀌듯, 조용히 그리고 느닷없이 봄 손님이 나의 아름다운 정원으로 들어섰다. 강인하면서도 아름다운 기적이 내 안에서도 펼쳐졌던 그 시절 그곳으로 다시 한번 날아가 맑은 첫 아침 향기를 맡고, 신의 손길이 닿은 듯 세상이 신성해 보이는 그 순간을 다시 한번 느끼고, 우리 모두 어린 시절에 보았던 그런 눈으로 다시 한번 세상을 아주 잠깐이나마 보고 싶다. 하지만 그런 일은 아주 드물게 일어나고, 그래서 너무나 소중하다.

그 시절 나무들은 꿋꿋이 힘차게 하늘을 향해 자랐다. 정원에서는 수선화와 히아신스가 아름다운 자태를 한껏 뽐내며 싹을 틔웠으며, 우리가 거의 알지 못하는 사람들도 자상하고 선한 마음으로 우리에게 싱긋 웃어주었다. 우리의 매끄러운 이마에서 아직 신의 입김을 느꼈기 때문이리라. 우리는 그것을 전혀 몰랐다. 그래서 자신도 모르게 무의식적으로, 얼른 자라 어른이 되고 싶은 조바심을 느꼈다. 개구쟁이에 천방지축으로 뛰어다녔던 나는 얼마나 사고뭉치였던가! 아버지는 나를 얼마나 걱정했고, 어머니는 얼마나 근심하며 한숨을 쉬었던가! 그럼에도 신의 광채와 입김은 내 이마에도 남아 있었고, 내가 보는 것은 아름다웠고 생기가 돌았다. 비록 모두 얌전하고 착한 종류는 아니었지만, 내 생각과 꿈에도 천사와 기적과 동화가 사이좋은 형제처럼 드나들었다.

　나의 어린 시절은 방금 쟁기질이 끝난 밭에서 올라오는 흙내음과, 막 싹을 틔운 초록 숲과 연결되어 있다. 이것들은 해마다 봄이 되면 나를 겁주었다. 나는 어쩔 수 없이 지금은 거의 잊어 아련하기까지 한 그때로 몇 시간 정도 다시 돌아가게 된다. 지금도 나는 그때를 생각하고, 가능할지 모르겠지만 그때 얘기를 해보려 한다.

　침실 창문이 닫히고 셔터도 내려졌다. 나는 어둠 속에 말똥말똥한 눈으로 누워, 옆에 누운 동생이 내뱉는 편안한 숨소리를 들었고, 눈을 감으면 깜깜한 암흑 대신에 선명한 색깔들이 보인다는 사실에 새삼 또 감탄했다. 보라색과 옅은 암적색 동그라미가 빛을 내며 계속 커지다가 컴컴한 어둠 속으로 사라졌다. 안에서 다시 계속해서 새로운 동그라미가 피어났고, 노란빛의 얇은 띠가 동그라미 주변을 감쌌다. 나는 다시 바람 소리에 귀를 기울였다. 산에서 출발해 느리게 불어온 따스한 기운이 커다란 미루나무를 살랑살랑 흔들고, 이따금 신음하듯 삐걱대는 지붕에 무섭게 몸을 뉘었다. 밤이 되면 무조건 잠자리에 누워야 했다. 밖에 나가는 것은 물론이고 창가에 앉는 것조차 허락되지 않는 것이 못내 속상하고 안타까웠다. 그리고 나는 어머니가 창문

닫는 걸 깜빡 잊었던 어느 날 밤을 떠올렸다.

그날 밤 나는 한밤중인데도 잠이 오지 않아 조용히 일어나서 까치발로 살금살금 창가로 갔다. 창밖은 기이하게 환했다. 내가 상상했었던 것처럼 캄캄한 죽음의 암흑이 결코 아니었다. 모든 것이 칙칙하고 흐릿하고 슬퍼 보였다. 커다란 구름이 온 하늘을 휘감고 있었으며, 푸르스름한 산들은 마치 다가오는 불행이 두려워 도망치려는 듯, 허겁지겁 뒤로 물러나는 것처럼 보였다. 미루나무는 깊이 잠들었고, 마치 죽은 것처럼 혹은 생기를 잃은 유령처럼 아주 칙칙해 보였다. 하지만 마당에는 여느 때처럼 벤치와 우물, 어린 밤나무가 서 있었다. 흐릿한 것이 어쩐지 살짝 지쳐 보였다. 내가 그렇게 창가에 앉아, 창백하게 변해버린 세상을 얼마 동안 내다보았는지, 길었는지 짧았는지 생각나지 않는다. 그때 알 수 없는 동물이 근처에서 겁에 질린 듯, 불평하듯 울기 시작했다. 자다 깬 강아지 혹은 양 혹은 송아지가 어둠에 겁을 먹고 우는 것일 수도 있었다. 나도 울음소리에 겁을 먹어 얼른 뒤로 도망쳐, 울어야 할지 말아야 할지 모른 채 침대로 돌아갔다. 그러나 울지 말지를 결정하기도 전에 나는 곧바로 잠이 들었다.

이제 다시 이 모든 일은 닫힌 창문 뒤의 신비하고 은밀한 일로 바깥에 머물렀다. 지금 다시 밖을 내다보는 일은 아주 아름다우면서도 위험할 것 같았다. 나는 흐릿한 나무들, 피곤한 듯 흔들리는 옅은 빛, 고요한 마당, 구름과 함께 멀리 달아나는 산들, 하늘의 창백한 줄무늬, 흐릿한 회색 창공으로 뻗은 창백한 시골길을 상상했다. 이제 어둑어둑한 시골길에서 커다란 검은 외투를 두른 도둑 혹은 살인자 혹은 누군가가 길을 잃고, 동물에게 쫓기며 겁에 질려 이리저리 뛰어다닌다. 어쩌면 그는 길을 잃었거나 가출했거나 강도를 당했거나 부모가 없는 내 또래의 소년이리라. 만약 그가 용감하기까지 했더라면, 근처의 밤유령이 그를 죽이거나 늑대가 잡아갈 수도 있으리라. 어쩌면 강도들이 그를 숲으로 데려가고, 소년도 강도가 되어 칼이나 쌍발 권총, 커다란 모자와 긴 승마 장화를 얻을지도 모른다.

여기서 단 한 발짝만 더 들어가면 나는 무의식적으로 나 자신을 놓아버리고 꿈나라로 들어가, 아직은 추억, 상상, 환상이었던 이 모든 것을 눈으로 보고 손으로 만질 수 있었다. 그러나 나는 잠들지 못했다. 그 순간 방문 열쇠 구멍으로, 부모님의 침실로부터 가느다란 붉은 불빛이 살짝 일렁이며 내 방으로 흘러들어와 어둠을 빛으로 채웠다. 희미하게 드러난 옷장 문에 갑자기 들쑥날쑥 어른거리는 노란 그림자가 나타났다. 이제 곧 아버지가 잠자리에 들 것을 나는 알았다. 나는 아버지가 타이즈 바람으로 걸어 다니는 바스락거리는 소리를 들었고 곧이어 아버지의 낮고 깊은 목소리를 들었다. 아버지는 어머니와 잠시 얘기를 나눴다.

"애들은 자?" 나는 아버지가 물어보는 소리를 들었다.

"그럼요. 아까부터." 어머니가 말했고, 나는 아직 깨어 있는 것이 부끄러웠다. 그다음 한동안 조용했지만, 열쇠 구멍으로 들어오는 불빛은 여전했다. 나는 지루해지기 시작했다. 잠이 벌써 눈까지 차올랐을 때 어머니가 다시 이야기를 시작했다.

"브로시는 좀 어떻대요? 물어봤어요?"

"직접 가봤어. 저녁에 들렀었는데, 힘들 것 같아." 아버지가 말했다.

"그렇게 안 좋아요?"

"아주 안 좋아 보였어. 좀 더 지켜봐야겠지만, 봄을 넘기기 힘들 것 같아. 벌써 다 죽은 얼굴이더라고."

"당신 생각은 어때요? 아이를 보내야 할까요? 혹시 도움이 될지도 모르잖아요." 어머니가 말했다.

"당신 하고 싶은 대로 해. 하지만 그럴 필요 있을까? 그 어린 것이 죽는 게 뭔지 이해하겠어?" 아버지가 말했다.

“알았어요. 그만 잡시다.”

“그러지.”

불이 꺼졌고, 공기의 일렁임도 멈췄고, 옷장 문과 바닥도 다시 어두워졌고, 눈을 감으면 계속 새로 생겨나 점점 커지는 보라색과 암적색 동그라미와 그 주변의 얇은 노란 띠도 다시 보였다.

그러나 부모님이 잠들고 모든 것이 고요해지는 동안, 갑자기 자극을 받은 나의 영혼이 한밤중에 열심히 활동하기 시작했다. 절반밖에 이해할 수 없었던 부모님의 대화는, 연못에 과일이 가라앉듯 밤 속으로 가라앉았고, 이제 동그라미들이 점점 빠르게 커지며 겁에 질려 허겁지겁 밤을 넘어 달려갔고, 밤은 불길한 호기심에 몸을 떨었다.

부모님이 얘기했던 ‘브로시’가 누구인지 생각나지 않았다. 거의 꺼져버린 기억으로 기껏해야 흐릿하게 남아 있는 이름일 뿐이었다. 기억에서 거의 사라져버린 이름을 가진 그가 이제 천천히 조금씩 힘겹게 내 기억 속에서 다시 떠올라 선명해지기 시작했다. 저음에는 그서 ‘옛날에 많이 불렀던 이름 같은데……’ 정도로만 떠올랐다. 그다음 내가 누군가로부터 사과를 선물로 받았던 어느 가을날이 떠올랐다. 그리고 그 누군가가 바로 브로시의 아버지였다는 사실이 기억났고, 물꼬가 터지듯 갑자기 모든 기억이 다시 생각났다.

나보다 한 살이 많았지만 키가 작은 아주 잘 생긴 남자아이가 떠올랐다. 그 아이의 이름이 브로시였다. 몇 년 전에 그의 아버지는 우리의 이웃이 되었고 그 아이는 나의 학급 친구가 되었다. 그러나 내 기억은 거기에서 멈췄고 더 뒤로는 도달하지 못했다. 나는 다시 브로시의 모습을 또렷이 떠올렸다. 손으로 짠 파란색 털모자를 썼는데, 모자에는 기이하게 생긴 뿔이 두 개 달려 있었다. 그는 언제나 사과나 빵을 가방에 넣고 다녔다. 심심해지기 시작할 때마다 그에게서 항상 온갖 놀이 아이디어가 튀어나왔다. 그는 일요일이 아닌 날에도 조끼를 입었다. 나는 그것이 무척 부러웠다. 그리고 나는 브로시가 힘이 전혀 없는 약골인 줄 알았는데, 어느 날 동네 말썽꾼 슈미즈바츨레에게 브로시가 주먹을 날렸다. 그가 브로시의 뿔 달린 털모자를 놀려댔기 때문이었다(그 털모자는 브로시의 엄마가 손수 떠주신 거였다). 그 일이 있은 뒤로 나는 한동안 브로시를 무서워했다.

브로시는 까마귀 한 마리를 길렀었는데, 까마귀는 가을에 햇감자를 너무 많이 먹었고, 죽었고, 우리가 꽃밭에 묻어주었다. 성냥갑을 관으로 썼는데, 까마귀에 비해 너무 작아서 아무리 애를 써도 뚜껑이 제대로 닫히지 않았다. 나는 목사님처럼 추모설교를 했다. 그때 브로시가 울기 시작했는데 그 모습을 본 내 동생이 그만 웃음을 터트렸다. 화가 난 브로시는 내 동생을 때렸고, 나는 브로시를 다시 때렸다. 브로시가 목놓아 울자 우리는 급히 도망쳤다. 그 뒤로 브로시의 엄마가 우리에게 와서, 브로시가 미안해한다며 내일 오후에 집으로 놀러 오면 코코아와 케이크를 주겠다고 했다. 케이크가 지금 벌써 오븐에서 구워지는 중이라고. 그리고 다음 날 우리는 브로시와 코코아를 마셨고, 그때 브로시가 우리에게 어떤 이야기를 들려주었는데, 중간에 계속해서 맨 처음으로 돌아가 반복되는 이야기였다. 구체적인 내용은 전혀 생각나지 않음에도, 나는 그 이야기를 자주 생각했고 그럴 때마다 웃음을 참을 수 없었다.

그러나 이것은 그저 시작에 불과했다. 수천 가지 일화들이 한꺼번에 떠올랐다. 모두 브로시가 나의 학급 친구였던 여름과 가을에 있었던 일이고, 몇 날 뒤에 그가 너는 학교에 오지 않으면서 내가 거의 잊어버렸던 일화들이었다. 이제 그 모든 기억이 사방에서 동시에 몰려왔다. 마치 겨울에 낱알갱이를 뿌리면 몰려드는 새 떼처럼, 모두가 동시에 구름처럼.

　화창한 가을날이었다. 다흐텔바우어 아저씨네 황조롱이가 헛간에서 도망쳤다. 황조롱이는 날개를 다쳐 다흐텔바우어 아저씨가 치료해주고 헛간에서 기르던 새였는데, 그새 다친 날개가 치유되어 놋쇠 족쇄를 문질러 끊고 비좁고 어두운 헛간을 탈출한 것이다. 자유를 얻은 새는 이제 맞은편 사과나무 위에 여유롭게 앉았다. 족히 십여 명의 마을 사람들이 사과나무 앞에 서서 새를 올려다보며 뭔가를 열심히 제안하고 토론했다. 그때 브로시와 나를 비롯한 사내아이들은 특히 용기가 솟아, 마을 어른들 사이에 끼어 함께 나무를 올려다보았다. 황조롱이는 나무에 가만히 앉아 날카롭고 용맹하게 우리를 내려다보고 있었다. "돌아오지 않을 거야!" 어떤 사람이 외쳤다. 그러자 고트롭 아저씨가 반박했다. "날 수 있고 날아갈 요량이었으면, 벌써 산과 계곡을 넘어 멀리 가버리지 않았겠어?" 그때 황조롱이가 나뭇가지에 발톱을 단단히 고정한 채, 커다란 날개를 여러 번 퍼덕이며 날아오르려 애썼다. 우리 사내아이들의 가슴은 흥분으로 터질 것 같았다. 그런데 나는 황조롱이를 다시 포획하거나 새가 스스로 헛간으로 돌아오라고 해서 뭐가 기쁜지 알 수는 없었다. 마침내 고트롭 아저씨가 사다리를 가져와 나무에 놓았고, 다흐텔바우어 아저씨가 곧장 사다리를 올라 새 쪽으로 손을 뻗었다. 그러자 새가 나뭇가지에서 풀쩍 뛰어오르며 힘차게 날개를 퍼덕이기 시작했다. 그때 우리 사내아이들은 심장이 너무 크게 뛰어서 숨 쉬기조차 어려웠고, 날갯짓하는 멋있는 황조롱이에서 눈을 떼지 못한 채 마법에 걸린 듯 꼼짝하지 못하고 서 있었다. 그다음 최고로 멋진 순간이 왔다. 황조롱이가 몇 번을 더 크게 날개를 퍼덕거리더니 우리가 보았듯이, 아주 잘 날아올랐다. 보란 듯이 천천히 멋진 자태를 뽐내며 큰 원을 그리듯 더 높이, 더 높이 공중으로 올라, 종달새만큼 작아져서 맑은 하늘에서 조용히 사라졌다. 우리는 마을 사람들이 모두 돌아간 뒤에도 여전히 그 자리에 서서 머리를 뒤로 쭉 빼고 넓은 하늘을 수색했다. 그때 브로시가 갑자기 큰소리로 하늘에 대고 환호하며 새에게 외쳤다. "날아라, 날아라! 이제 넌 다시 자유야."

이웃집 헛간도 생각이 났다. 장대비가 쏟아질 때면 우리는 어두컴컴한 헛산 안에 웅크리고 붙어 앉아, 시끄러우면서도 청량하게 떨어지는 빗방울 소리를 들으며 마당 바닥을 관찰했다. 작은 물웅덩이, 작은 도랑, 큰 물웅덩이, 큰 도랑이 생기고 흐르고 엇갈리고 달라졌다. 한번은 여느 때처럼 그렇게 웅크리고 붙어 앉아 빗소리를 듣고 있을 때, 브로시가 불쑥 물었다. "야, 지금 대홍수가 나면 우리는 뭘 해야 할까? 그러니까 물난리가 나서 마을 전체가 물에 잠기고 이제 벌써 숲까지 잠길 위기라면 말이야." 우리는 온갖 상상을 펼쳤고, 마당을 관찰했고, 쏟아지는 빗소리를 들었고, 그 안에서 먼 파도와 바다의 포효도 들었다. "들보 네다섯 개를 뜯어내 뗏목을 만들어야지. 그 정도면 우리 두 사람 정도는 너끈히 탈 수 있을 거야." 내가 말했다. 그러자 브로시가 버럭 화를 냈다. "그럼 너희 아버지와 어머니, 우리 아버지와 어머니는? 그리고 고양이와 네 동생은? 그들은 버리고 갈 거야?" 어차피 상상 놀이여서 나는 진지하게 생각하지 않고 그냥 재미로 얘기했던 거였고, 그것이 미안해서 대충 둘러댔다. "마을이 모두 잠겼다고 해서 모두가 이미 죽었고 우리만 살아남은 줄 알았지." 그러나 브로시는 그 상황을 또렷이 상상했던 탓에 깊은 생각에 잠겼고 급기야 표정이 슬퍼졌다. 조금 뒤 그가 말했다. "이제 다른 놀이 하자."

브로시의 가련한 까마귀가 아직 살아서 사방을 콩콩콩 뛰어다닐 때 일이었다. 우리는 까마귀를 정원 창고로 데려가서 들보 위에 앉혔고, 까마귀는 밑으로 내려오지 못하고 들보 위를 이리저리 뛰어다녔다. 나는 검지를 내밀며 놀리듯 말했다. "자, 야콥, 물어!" 그때 까마귀가 내 손가락을 쪼았다. 심하게 아프지는 않았지만 나는 화가 치밀어 까마귀를 내리쳤고 정말로 죽어버릴 기세로 달려들었다. 그러나 브로시가 나를 붙잡고 놓아주지 않았다. 까마귀는 겁에 질려 들보에서 아래로 몸을 던져 도망쳤다. "놔, 놓으라고! 저놈이 날 물었어!" 나는 소리치며 브로시와 몸싸움을 했다.

"네 입으로 말했잖아, 야콥, 물어!" 브로시가 소리쳤고, 새는 잘못한 게 전혀 없다고 또박또박 가르쳤다. 나는 선생님처럼 구는 브로시에게 화가 났고 "알았어, 일단 내가 참는다"라고 말했지만, 속으로는 나중에라도 언젠가 까마귀에게 반드시 복수하리라 결심했다.

나중에 브로시는 정원을 나와 자기 집에 거의 도착했을 때, 다시 돌아서서 나를 불러 세웠다. 브로시는 내게 다가와 말했다. "야, 정말 믿어도 되지? 분명히 나랑 약속했어, 나시는 야콥에게 아무 싯노 하지 않겠다고?" 내가 선뜻 대답하지 않고 고집을 부리자 그가 내게 커다란 사과 두 개를 주겠노라 약속했다. 나는 이를 받아들였고, 그는 다시 돌아서서 자기 집으로 갔다.

얼마 지나지 않아 브로시네 정원 사과나무에 첫 사과가 익었고, 브로시는 약속한 대로 내게 사과 두 개를 주었다. 가장 크고 예쁜 사과로. 나는 문득 그때 일이 부끄럽기도 하고 쑥스럽기도 해 선뜻 사과를 받아들지 못하고 머뭇머 뭇 주저했다. 그가 말했다. "얼른 받아. 야콥 때문에 주는 거 아니야. 어차피 주려고 했어. 네 동생도 하나 줘." 나는 사과를 받았다.

한번은 오후 내내 들판에서 뛰어놀다가 숲으로 들어가, 덤불 아래 부드러운 이끼에 털썩 앉아 피곤한 몸을 쉬었 다. 파리 몇 마리가 버섯 위를 윙윙대며 날아다니고 있었 고, 온갖 새들이 하늘을 날았다. 몇몇은 낯이 익고 이름도 알았지만, 나머지 대부분은 모르는 새였다. 열심히 나무를 쪼는 딱따구리 소리도 들었는데, 그 소리가 너무나 듣기 좋고 마음을 편안하게 해서 우리는 거의 아무 말도 나누 지 않았고, 누군가 뭔가 특별한 것을 발견했을 때만 말없 이 손으로 그쪽을 가리켜 다른 사람에게 발견한 것을 보여 주었다. 둥글게 불쑥 솟은 초록 덤불 안으로 부드러운 초 록빛이 흘러들었고, 그동안 널찍한 숲 바닥은 익숙한 갈색 황혼 속으로 점차 사라졌다. 멀리 뒤편에 불쑥 솟은 덤불, 바스락거리는 나뭇잎 소리, 기이한 새소리는 동화에 나오는 마법의 숲처럼 신비하고 낯설게 울렸고, 무엇이든 숨어 있을 수 있었고 무엇으로든 변할 수 있었다.

걷느라 더워진 브로시가 점퍼와 조끼를 벗어 던지고 이 끼 위에 벌렁 누웠다. 그가 돌아누울 때 셔츠가 목 뒤로 당 겨졌고 나는 깜짝 놀랐다. 그의 새하얀 어깨에서 붉은 줄 로 길게 그어진 흉터를 보았기 때문이다. 나는 곧바로 그 흉터가 어디서 왜 생겼는지 묻고 싶었다. 대단한 진짜 사 고 얘기를 들을 생각에 벌써 기대에 찼다. 그러나 왠지 모 르게 갑자기 묻고 싶지 않아졌고, 그래서 아무것도 보지 못한 척했다. 그러나 동시에 그런 큰 흉터를 가진 브로시 가 너무 불쌍해 보였고 끔찍하게 맘이 아팠다. 틀림없이 피를 엄청 많이 흘렸을 테고 무지막지하게 아팠으리라. 그 순간 브로시가 그 어느 때보다 더 연약하고 가련하게 느껴 졌지만, 아무 말도 할 수 없었다. 우리는 한참 뒤에 숲을 나 와 함께 우리 집으로 갔다. 나는 방으로 가서 옛날에 하인 이 만들어준 두꺼운 보관함에서 내 최고의 구슬통을 꺼내 들고 나시 아래로 내려가 그것을 브로시에게 주었나. 브로 시는 처음에는 장난하지 말라며 사양했고 그다음엔 가져 가지 않겠다며 심지어 양손을 등 뒤로 감췄다. 그래서 나 는 구슬통을 그의 주머니에 억지로 넣어줘야 했다.

브로시와의 일들이 꼬리를 물고 모두 다시 기억이 났다. 전나무숲에서 있었던 일도. 전나무숲은 시냇물 건너편에 있었는데, 한번은 노루를 볼 작정으로 브로시와 냇물을 건너 숲으로 갔다. 우리는 하늘에 닿을 듯 쭉쭉 뻗은 나무 기둥 사이의 넓고 평평한 갈색 공터에 들어섰다. 한참을 걸었는데도 노루를 한 마리도 만나지 못했다. 그 대신에 우리는 전나무 뿌리들 사이에 놓인 수많은 커다란 바위들을 보았다. 이런 바위들에는 거의 예외 없이 연두색 이끼들이 작은 반점처럼 복슬복슬 깔려 있었다. 녹색 반점들은 대략 손바닥 크기 정도였고 나는 그런 이끼를 벗겨내려 했다. 그러나 브로시가 재빨리 나를 말렸다. "안 돼, 그냥 둬!" 내가 왜 그러냐고 묻자 그가 설명했다. "왜냐하면, 그건 천사가 숲을 지날 때 남긴 천사의 발자국이야. 천사가 밟고 지나간 자리에는 모두 이렇게 이끼가 자라는 거야." 그때부터 우리는 노루를 잊고, 혹시 천사가 지나가지 않을까 기대하며 기다렸다. 우리는 가만히 서서 주의를 기울였고, 숲 전체가 쥐죽은 듯 고요했다. 갈색 바닥에서는 밝은 햇살이 일렁일렁 어른거렸고, 곧게 뻗은 나무줄기들이 멀리서부터 붉은 기둥처럼 늘어섰고, 빽빽한 짙은 수관 위로 파란 하늘이 높이 떠 있었다. 시원한 산들바람이 조용히 쓰다듬듯 지나가고 또 지나갔다. 너무 조용하고 쓸쓸했다. 어쩌면 곧 천사가 지나갈 것만 같아서, 우리 둘은 갑자기 불안하면서도 마음이 엄숙해졌다. 어느 순간 아주 조용히 빠르게 앞을 다투어 수많은 바위와 전나무를 지나쳐 숲을 빠져나왔다. 다시 들판에 도달해 시냇물을 건넌 뒤에도, 우리는 한동안 서서 숲을 건너다보았고, 그다음 도망치듯 집을 향해 뛰었다.

그 뒤로도 나는 브로시와 자주 놀았고, 걸핏하면 다퉜고, 다시 화해했다. 어느덧 겨울이 다가왔다. 그즈음 브로시가 아프다는 얘기를 들었는데, 어머니가 내게 가보지 않겠냐고 물었다. 내가 그의 집을 찾아갔을 때 브로시는 침대에 누워 거의 아무 말도 하지 않았다. 나는 걱정이 되면서도 동시에 심심했고, 그의 어머니가 내게 오렌지 반쪽을 주었다. 그 후로 아무 일도 없었다. 나는 동생과 다른 친구들 혹은 여자애들과 놀았고 그렇게 오랜 시간이 지나갔다. 눈이 내렸고 다시 녹았고 다시 눈이 내렸다. 시냇물이 얼어붙었고 나시 흘렀고, 갈색 숲이 흰색이었고 나시 갈색이었고 홍수가 났고 물에 빠진 돼지와 쓰러진 나무들이 떠내려왔다. 병아리들은 알을 깨고 나왔고 그중 셋이 죽었다. 동생이 아팠다가 다시 건강해졌고, 헛간에서는 탈곡기가 돌아갔고 방에서는 실 잣는 물레가 돌아갔고, 이제 다시 밭이 쟁기질되었다. 브로시가 없었지만 모든 일이 예전과 똑같았다. 그렇게 그는 멀리멀리 멀어지다가 결국 사라졌고 내게서 잊혔다. 지금까지, 이날 밤까지, 붉은 불빛이 열쇠 구멍으로 흘러들어왔고 아버지가 어머니에게 하는 얘기를 내가 들었던 밤까지. "봄이 오면 떠날 것 같아."

뒤죽박죽 얽힌 수많은 기억과 감정이 나를 옭아맸지만, 어쩌면 아침이 밝아오고 새로운 수많은 경험이 몰아치면 소꿉친구에 관한 흐릿한 기억들은 이내 다시 가라앉고 다시는 이날 밤처럼 생생하고 강렬하게 돌아오지 않을 수도 있었다. 그러나 아침을 먹을 때 어머니가 불쑥 내게 물었다. "매일 같이 놀던 브로시, 생각나지?"

나는 "네"라고 대답했고 어머니는 특유의 인자한 음성으로 말을 이었다. "봄에, 그러니까 너희 둘이 같이 학교에 갔었잖아? 그런데 이제 브로시가 많이 아파서 어쩌면 다시는 그렇게 같이 학교에 갈 수 없을지도 모르겠어. 한번 찾아가볼래?"

어머니는 아주 조심스럽게 얘기했고, 나는 어젯밤에 아버지가 했던 이야기를 떠올렸다. 기분이 우울해졌지만 동시에 불길한 호기심을 느꼈다. 아버지의 말대로라면, 브로시의 얼굴에는 이미 죽음의 그림자가 드리워졌을 테고, 그것은 내게 말할 수 없이 불길하고 두렵고 으스스했다.

나는 다시 "네"라고 대답했고, 어머니는 진지하고 엄하게 당부했다. "잊지 마. 브로시가 많이 아프다는 거! 이제는 예전처럼 놀 수 없고, 시끄럽게 해서도 안 돼."

나는 잘 알았노라 끄덕였고, 얌전히 있다가 오기로 약속했고, 벌써부터 아주 조용히 얌전히 있으려고 노력했다. 그리고 그날 아침에 곧바로 브로시에게 갔다. 조용히 약간 엄숙하게 서 있는 앙상한 밤나무 두 그루 뒤에, 쌀쌀한 오전 햇살 속에 놓인 그의 집 앞에서 나는 걸음을 멈추고 가만히 서서 한동안 망설이며 집에서 무슨 소리가 들리나 엿들었다. 다시 우리 집으로 달려가고 싶어졌다. 그러나 나는 마음을 굳히고 재빨리 빨간색 돌계단 세 개를 뛰어올라 반쯤 열린 현관문을 통과했다. 복도를 걸으며 주위를 두리번거리다가 만난 문을 두드렸다. 브로시의 어머니는 작고 민첩하고 다정한 사람이었다. 그녀가 나와서 나를 번쩍 안아 올려 입을 맞추고 물었다. "브로시 보러 왔니?"

잠시 후 브로시의 어머니는 내 손을 잡고 2층으로 올라가 새하얀 방문 앞에 섰다. 이 어둡고 우울한 일로 나를 이끄는 그녀의 손에서 나는 천사나 마법사의 손을 보았다.

나의 심장이 겁을 먹고 마구 뛰기 시작했다. 내가 머뭇머뭇 몸을 뒤로 빼자 브로시의 어머니는 거의 나를 끌다시피 하며 방으로 데려갔다. 브로시의 방은 아주 크고 환하고 안락하고 평온했다. 나는 어찌할 바를 모르고 우울한 표정으로 문가에 서서 환한 침대를 건너다보았다. 결국 브로시의 어머니가 나를 침대까지 안내했다. 그때 브로시가 우리 쪽으로 돌아누웠다.

나는 그의 얼굴을 찬찬히 살폈다. 핼쑥하게 여위었지만, 어디에도 죽음의 그림자는 보이지 않았다. 오히려 은은한 빛이 감도는 듯했고 눈빛이 어쩐지 낯설었는데, 어떤 진지함과 인내가 서려 있었다. 그때 나의 심장이 엄숙하게 경고했다. 예전에 쥐죽은 듯 고요한 전나무 숲에서 걸음을 멈추고 두려운 호기심에 숨죽여 천사가 내 옆으로 소리 없이 스르륵 지나치는 걸 느꼈었던 그때와 비슷하게.

브로시가 고개를 천천히 끄덕이며, 뜨겁고 건조하고 여윈 손을 내 쪽으로 뻗었다. 그의 어머니는 아들의 머리를 쓰다듬고 내게 고개를 끄덕여 보인 뒤 다시 방에서 나갔다. 나는 작고 높은 침대 옆에 서서 브로시의 얼굴을 빤히 보았고, 우리 둘은 한동안 아무 말도 하지 않았다.

"안녕, 잘 지냈지?" 브로시가 먼저 인사했다.

그리고 나도. "응, 너도?"

그리고 브로시가 다시. "너희 어머니가 가보라 했어?"

나는 끄덕였다.

브로시는 몹시 피곤해 보였다. 그는 잠시 들었던 머리를 다시 베개에 떨구었다. 나는 무슨 말을 해야 할지 몰라 손에 든 모자 끄트머리를 만지작거리며 브로시의 얼굴만 빤히 바라보았다. 브로시도 나를 빤히 보았고 그러다가 싱긋 웃었고 눈에 장난기가 스쳤다.

그때 그가 몸을 옆으로 살짝 돌렸고, 나는 그가 하는 양을 지켜보고 있다가 잠옷 틈새로 뭔가 붉은 것이 지나는 것을 보았다. 그것이 어깨에 난 커다란 흉터라는 걸 알아차렸을 때 갑자기 눈물이 터지고 말았다.

"야, 왜 그래?" 그가 곧바로 물었다.

나는 대답할 수가 없었고 계속 울었다. 거친 모자로 뺨을 닦자 뺨이 얼얼했다.

"왜 울어? 무슨 일이야?"

"그냥, 네가 많이 아프니까." 나는 거우 밀했다. 그러나 그것은 진짜 이유가 아니었다. 내가 예전에 이미 느꼈었던 것처럼, 그것은 갑자기 내 안에서 연기처럼 피어올라 어디로도 빠져나가지 못하는, 동정 섞인 격한 감정의 폭

발에 불과했다.

"심각한 거 아니야." 브로시가 말했다.

"곧 다시 건강해지는 거야?"

"응, 아마도."

"언제?"

"몰라. 좀 오래 걸릴 거야."

얼마 후 나는 그가 잠이 들었음을 문득 깨달았다. 나는 잠시 더 기다렸다가 방에서 나와 집으로 돌아왔다. 어머니가 꼬치꼬치 묻지 않아서 참 다행이었다. 어머니는 분명 내가 달라졌고 뭔가를 경험했다는 것을 알아차렸던 것 같다. 어머니는 아무 말도 하지 않고 내 머리를 쓰다듬으며 고개를 끄덕였다.

그럼에도 나는 그날 여느 때처럼 천방지축 개구쟁이로 잘 지냈다. 이를테면 동생과 티격태격 다투거나 하인들에게 못된 장난을 쳐 화나게 하거나 축축한 들판에서 마구 뒹굴다가 온몸이 지저분해져서 집에 돌아왔다. 지금도 생생히 기억하는데 어머니는 그날 저녁에 나를 따로 불러 인자하면서도 진지한 얼굴로 빤히 보았고, 어쩌면 그런 식으로 말없이 내게 그날 아침의 일을 상기시켰던 것 같다. 나는 어머니의 표정과 마음을 잘 이해했고 그래서 후회와 반성을 했다. 그것을 알아차린 어머니는 특별한 것을 내게 주었다. 어머니는 창가에 놓인 작은 테이블에서 흙이 가득 담긴 작은 화분을 가져와 내게 건넸다. 화분 안에는 까만 알뿌리가 심겨 있었는데, 벌써 부드러운 연두색 어린 잎사귀가 드문드문 뾰족하게 나와 있었다. 히아신스였다. 어머니는 화분을 내 손에 들려주며 말했다. "너한테 선물로 주는 거니까 잘 가꿔봐. 지금은 이렇지만, 나중에 아주 큰 붉은 꽃이 필 거야. 저쪽에 둘 테니 이제부터 네가 잘 보살펴야 해. 손으로 만지면 안 되고, 들고 다녀서도 안 되고, 매일 두 번씩 물을 줘야 해. 물 주는 걸 혹시 잊으면 엄마가 얘기해줄게. 나중에 아름다운 꽃이 피면, 브로시에게 가져다주렴. 분명 아주 좋아할 거야. 그렇게 할 수 있겠니?"

어머니는 나를 침대로 데려갔고, 나는 그동안 뿌듯한 마음으로 아름다운 꽃을 상상했다. 꽃을 기다리는 일이 매우 중요하고 영광스러운 임무처럼 느껴졌지만, 바로 다음 날 아침부터 나는 물 주는 걸 잊었고, 어머니가 내게 일깨워주었다. "브로시의 화분은 잘 있니? 물은 줬고?" 어머니는 매일 한 번 이상 이렇게 물어야 했다. 그럼에도 당시 내게는 화분을 돌보는 일만큼 나를 행복하게 하고 강하게 몰두시킨 일이 없었다. 더 크고 더 예쁜 다른 화분이 방에도 정원에도 아주 많이 있었고, 아버지와 어머니는 그것들을 종종 내게 보여주었지만, 나의 이 작은 화분처럼 내가 온 마음을 다해 지켜보고 염려하며 작은 성장을 기대했던 건 처음 있는 일이었다.

며칠이 지나도록 화분에서는 기뻐할 만한 일이 일어나지 않았다. 히아신스는 어딘가 아픈 것처럼 보였고 자랄 힘이 없어 보였다. 내가 그것에 실망하고 조바심을 내며 초조해할 때쯤 어머니가 말했다. "이 화분은 지금 딱 브로시와 같아. 많이 아픈 거야. 그래서 평소보다 더 많이 사랑을 주고 조심스럽게 보살펴야 해."

이런 비교를 나는 완전히 이해할 수 있었다. 아주 새로운 생각에 이르렀고, 그때부터 온통 그 생각에 사로잡혀 살았다. 나는 힘겹게 애쓰고 있는 이 작은 식물과 아픈 브로시 사이의 은밀한 연관성을 느꼈고, 급기야 강한 믿음에 도달했다. 히아신스가 잘 자라 꽃을 피우면 내 친구도 다시 건강해질 것이고, 이 가련한 식물이 그냥 죽어버리면 친구도 죽게 되리라. 그러니 내가 만약 식물을 잘 보살피지 않으면 분명 나중에 죄책감을 느낄 것이다. 이런 생각의 반복이 마침내 끝나자 나는 결연한 마음으로, 두려움과 열정으로, 아주 특별하고 오직 나만 알고 있는 마법의 힘이 담긴 보물처럼 화분을 보살폈다.

내가 처음 브로시를 방문한 날에서 사나흘이 지났을 때, 식물이 여전히 꽤 걱정스러워 보였을 때, 나는 다시 이웃집으로 건너갔다. 브로시는 일어나 앉을 힘도 없어서 조용히 누워 있었다. 나는 마땅히 할 말이 없어서 그저 침대 가까이에 서서, 하얀 시트 위에서 천장만 보고 있는 환자의 부드럽고 온화한 얼굴을 빤히 바라보았다. 브로시는 이따금 눈을 감았다 떴다 다시 감았고, 그 외에는 다른 움직임이 전혀 없었다. 어쩌면 나보다 더 영리하고 나이가 많은 사람이었다면 그때 브로시의 어린 영혼이 이미 불안정하고 원래 있던 곳으로 돌아가려 한다는 것을 감지했을 터이다. 방을 가득 채운 정적에 두려움이 막 생기려 할 때, 브로시의 어머니가 들어와 다정하고 조용한 걸음으로 나를 밖으로 데려왔다.

그다음 번에는 훨씬 더 기쁜 마음으로 브로시에게 갔다. 나의 화분이 새로운 기운과 호기심으로 뾰족한 잎사귀를 맑게 피워냈기 때문이다. 이번에는 환자 역시 정신이 아주 맑았다.

"야콥이 어떻게 죽지 않고 살 수 있었는지, 아직 기억해?" 그가 내게 물었다.

그리고 우리는 까마귀를 떠올렸고 그와 얽힌 추억을 애기했고, 야콥이 낼 수 있었던 세 마디 울음소리를 흉내 냈고, 예전에 길을 잃고 우리 집에 왔었던 회적색 앵무새를 간절한 마음으로 그리워했다. 브로시는 곧 다시 피곤해졌지만, 나는 수다에 빠져들어 그가 아프다는 사실조차 까맣게 잊고 있었다. 나는 날아가 버린 앵무새, 우리 집의 전설 속 앵무새 이야기를 들려주었다. 전설의 하이라이트는 나이든 농장 일꾼이 헛간 지붕에 앉은 아름다운 새를 보고 즉시 사다리를 가져와 새를 잡으려 했던 순간이다. 일꾼이 지붕에 올라 새에게 조심조심 다가갔을 때, 앵무새가 말했다. "안녕하세요!" 그때 일꾼이 모자를 벗으며 말했다. "미안합니다. 하마터면 당신을 새로 착각할 뻔했습니다."

나는 이 부분에서 브로시가 틀림없이 배를 잡고 웃을 거라 생각했었다. 그러나 그는 그렇게 하지 않았고, 그래서 나는 놀란 얼굴로 그를 빤히 보았다. 그리고 이내 나는 일부러 더 환하게 더 다정하게 미소를 지으며 그를 보았다. 그의 뺨은 전처럼 창백하지 않고 약간 발그레했지만, 그는 여전히 아무 말도 하지 않았고 소리 내서 웃지도 않았다.

그때 갑자기 그가 나보다 한참 더 나이가 많은 것처럼 느껴졌다. 그 순간 내 얼굴에서 웃음기가 싹 사라지고 그

대신에 혼란과 두려움이 퍼졌다. 이제 뭔가 낯설고 방해가 되는 새로운 것이 우리 둘 사이를 가로막고 있다고 느꼈기 때문이다.

커다란 겨울 파리가 방 안을 날아다녔고, 나는 파리를 잡아야 할지 말아야 할지 잠깐 생각했다.

"아니야, 그냥 둬!" 그때 브로시가 말했다.

이것 역시 어른이 아이에게 하는 말처럼 들렸다.

집으로 오는 길에 나는 뭔가에 홀린 듯, 생각에 잠겨 계속 걸었다. 이때 나는 난생처음 불길한 예감으로 가득한 초봄의 숨은 아름다움을 느꼈다. 나는 이런 아름다움을 몇 년 뒤 유년기가 완전히 끝났을 때 다시 느꼈다.

그것이 무엇이고 어떻게 생겼는지, 나는 모른다. 그러나 기억하기로는 따뜻한 바람이 쓰다듬듯 불었고, 축축하고 까만 흙덩이가 밭 가장자리에 봉긋 솟아 줄무늬처럼 빛났고, 특별한 바람 내음이 공기 중에 있었다. 그때 나는 어떤 노래를 흥얼거리려다 곧바로 그만두었는데, 뭔가가 나를 억누르며 조용히 있으라고 했기 때문이다.

집으로 돌아오는 이 짧은 길은 기이하게 깊이 내 기억에 남았다. 세세하게 기억하지는 못하지만 때때로 눈을 감고 어린 시절을 회상하려고 하면, 그러니까 어린아이의 눈으로, 신의 선물이자 피조물로서, 어른들은 예술가와 시인의 작품을 통해서만 경험하는 조용히 불타는 순수한 아름다움의 꿈속에서, 그때의 흙을 다시 한번 보고 싶어서 그 시절을 떠올리면, 그때의 그 짧은 길이 떠오른다. 그 길은 대략 이백 걸음이 채 안 되었다. 그러나 내가 나중에 수많은 여행에서 겪었던 일보다 한없이 많은 일과 인생이 그 길 위에, 길가에, 길을 따라 걷는 중에 있었다.

앙상한 과일나무들이 줄지어 서 있었고, 얽히고 뒤틀린 나뭇가지와 가느다란 줄기 끝에 끈적이는 적갈색 꽃눈이 하늘을 내다보았고, 멀리 그 위로 바람이 불었고, 구름 떼가 두둥실 떠서 흘러갔고, 그 아래의 헐벗은 흙에서 봄 아지랑이가 피어올랐다. 비에 흠뻑 젖은 무덤들을 지났고, 좁다랗고 흐린 시냇물이 길 너머로 흘러갔다. 시냇물 위에서는 시든 배나무 잎과 갈색 나무 조각이 배처럼 떠서 추격하고 난파되며 고뇌와 재미와 운명의 장난을 겪었다. 나도 그것들을 같이 겪었다.

내 눈 바로 앞에 새까만 새 한 마리가 공중에 떠 있다가, 갑자기 거세게 날갯짓을 하며 아래로 내려왔다가, 곧 다시 길고 크게 소리를 지르며 공중으로 높이 빛을 내며 날아가 버렸고, 내 마음도 감탄하며 같이 날아올랐다.

기운찬 말이 끄는 텅 빈 수레가 계속 삐걱거리며 굴렀고, 다음 고개를 돌아 완전히 사라질 때까지 내 시선을 붙잡았다. 건장한 말과 함께 미지의 세계에서 와서 미지의 세계로 사라지듯, 수레는 잠깐 아름다운 기분을 내게 주었다가 금세 다시 가져갔다.

그것은 하나, 둘, 혹은 세 개의 소소한 기억이다. 어린아이가 시계 종소리, 돌멩이, 식물, 새, 공기, 색깔, 그림자 사이에서 발견했고 다시 잊었지만, 늘 간직한 채로 세월의 변화와 운명을 맞았던 일화, 흥분, 기쁨을 누가 중요하게 여길까? 지평선에 닿은 하늘의 신비한 색상 변화, 집이나 정원이나 숲에서 들리는 작은 소리, 나비 한 마리 혹은 코끝을 스치고 지나는 옅은 냄새가 종종 순간적으로 옛날 어린 시절의 기억 전체를 구름처럼 마음속에 불러 모은다. 그것들은 흐릿하고 각각을 구별하기도 어렵지만 모두가 똑같이 좋은 향을 낸다. 그때의 돌멩이와 새와 시냇물과 나를 연결해주는 생명의 향기, 조금이라도 간직하려고 안간힘을 썼던 그런 향.

나의 히아신스는 잘 자랐고, 잎이 더 높이 뻗어 강렬한 존재감을 드러냈다. 줄기가 자랄 때마다 나의 기쁨과 친구의 회복에 대한 믿음도 같이 자랐다. 그리고 마침내 그날이 왔다. 얇은 이파리 사이에서 붉고 둥근 꽃망울이 점점 커져 불쑥 솟아나기 시작하더니 드디어 꽃망울이 갈라지면서 신비한 모양으로 돌돌 말린 아름다운 붉은 꽃잎이 하얀 테두리를 두르고 모습을 드러냈다. 그러나 히아신스 화분을 자랑스럽게 기쁘게 조심스럽게 들고 이웃집으로 건너가 브로시에게 건네주었던 날은 전혀 기억나지 않는다. 나는 그날을 까맣게 잊었다.

그 후 어느 화창한 일요일, 시커먼 흙밭에는 벌써 여린 초록 싹들이 뾰족뾰족 솟았고 구름은 황금 테두리를 둘렀고, 온화하고 깨끗한 하늘이 촉촉이 젖은 길과 넓은 뜰과 집 앞 공터에 반사되었다. 브로시의 작은 침대는 창가로 더 가까이 옮겨져 있었고, 창틀에는 붉은 히아신스가 햇살을 받으며 서 있었고, 환자는 몸을 살짝 일으켜 등을 베개에 기대고 앉아 있었다. 나는 브로시와 평소보다 조금 더 많은 얘기를 나눴다. 삭발한 금발 머리 위로 따사로운 햇살이 반짝반짝 명랑하게 흘러 그의 귀를 통과해 발그스름하게 빛났다. 나는 기분이 아주 좋아졌고, 이제 그가 마침내 금세 좋아질 거라고 확신했다. 그의 어머니가 곁에 같이 앉아 있었고, 충분하다고 생각되었을 때 내게 노란 겨울 배를 쥐어주며 그만 집으로 가보라고 했다. 나는 계단을 내려오면서 벌써 배를 한 입 베어 물었다. 배는 부드럽고 꿀처럼 달콤했고 배즙이 턱으로 흘러내려 손등을 타고 내렸다. 나는 먹고 남은 심을 길가 밭에 멀리 던져버렸다.

그 후로 며칠 동안 비가 많이 내렸다. 뭔가를 아래로 흘려보내려는 듯 계속 내렸고, 나는 집에 머물러야만 했고, 손이 깨끗한지 검사받은 후 그림 성경을 볼 수 있었다. 그 안에는 내가 좋아하는 것들이 아주 많았는데, 그중에서도 가장 좋아하는 것은 역시 천국의 사자들, 구원자의 낙타, 갈대밭의 어린 모세였다. 그러나 다음 날에도 장대비가 계속해서 내리자 나는 점차 짜증이 났다. 오전의 절반을 창가에 앉아 빗방울이 튀는 마당과 밤나무를 노려보았고, 그 다음 연달아 온갖 놀이를 했고 저녁 무렵 놀이가 바닥날 즈음에 동생과 다퉜다. 늘 그렇듯이 우리는 서로 약을 올렸고, 결국 동생이 내게 나쁜 욕을 하자 화가 난 나는 동생을 때렸다. 동생은 서럽게 울면서 방, 복도, 부엌, 계단, 창고를 지나 어머니에게 달려가 어머니의 무릎으로 몸을 던졌고, 어머니는 한숨을 내쉬며 나를 다른 곳에 가 있으라고 보냈다. 아버지가 집으로 와서 모든 얘기를 전해 듣고 나를 야단치며 다음에 또 그랬을 때 받게 될 벌을 경고했다. 그날 나는 침대에 누워 알 수 없는 불행을 느끼며 눈물을 흘렸지만, 이내 잠이 들었다.

내가 다시, 아마도 다음 날 아침에, 브로시의 침대 옆에 섰을 때 그의 어머니는 줄곧 입술에 손가락을 대고, 경고하는 눈빛으로 나를 보았다. 브로시는 눈을 감은 채 조용히 신음하며 침대에 누워 있었다. 나는 두려워하며 그의 얼굴을 살폈다. 그의 얼굴은 창백하고 고통에 일그러져 있었다. 그리고 그의 어머니가 내 손을 끌어다 브로시의 손에 올려놓았을 때, 브로시가 눈을 떴고 아주 잠깐 조용히 나를 빤히 보았다. 그의 눈은 컸고 눈빛이 달라져 있었다. 나를 보는 그의 눈빛은 아주 먼 곳을 보는 것처럼 낯설고 기이했다. 마치 나를 전혀 알지 못하는 것처럼, 나를 보고 놀란 것처럼, 그러나 동시에 훨씬 더 중요한 다른 생각에 잠긴 것처럼. 나는 잠시 후에 다시 까치발로 살금살금 방에서 나왔다.

그날 오후, 브로시의 부탁으로 그의 어머니가 브로시에게 이야기를 들려주는 동안 그는 잠이 들었다. 그의 약한 심장 박동은 저녁때까지 서서히 잦아들었고 끝내 멈췄다.

내가 침대에 누웠을 때, 어머니는 이미 브로시의 일을 알고 있었다. 그러나 어머니는 다음 날 아침에 내가 우유를 마신 뒤에야 그 사실을 내게 말했다. 그 얘기에 나는 온종일 꿈을 꾸듯 멍하게 돌아다녔고, 브로시가 천사를 만났고 그도 천사가 되었다고 상상했다. 그의 작고 여윈 몸, 어깨에 붉은 흉터가 있는 하얀 몸이 아직 건너편 집에 누워 있다는 걸 나는 몰랐다. 장례식에 관해서도 아무것도 듣지 못했고 보지도 못했다.

나의 뇌는 아마 이 일을 아주 오래 기억했을 테고, 죽은 사람이 아주 멀리 사라져 더는 생각나지 않게 될 때까지 시간이 아주 많이 걸렸을 터이다. 그러나 그다음 여느 때보다 더 일찍 갑자기 완연한 봄이 왔고, 노랑과 초록이 산을 넘어 날아왔고, 정원에서 어린 풀냄새가 났고, 밤나무의 볼록 솟은 꽃망울 껍질이 벗겨지고 돌돌 말린 연한 나뭇잎이 공기를 더듬었고, 모든 무덤에서 튼실한 줄기 위에 황금빛 노란 들꽃이 활짝 웃었다.

아침 햇살

고향, 어린 시절, 인생의 아침

수백 번 잊었고 잃었던 너

너에게서 온 뒤늦은 손님

깊은 곳에서 불어오고 샘솟는다

영혼에 파묻혀 잠들었던 너

달콤한 빛, 새로 태어난 샘이여!

과거와 현재 사이 그 모든 삶

종종 자랑스러워하고 만족했던 삶

이젠 아무것도 아니라네

이제 나 다시 귀 기울이네

한없이 젊고 한없이 늙은

동화 속 우물의 멜로디

잊은 지 오래인 옛날 동요들

모든 먼지와 모든 혼동 위로

멀리서 너는 빛을 내고 아무리 애를 써도
혼동 속의 노력은 소용이 없네
시원한 샘, 순수한 아침 햇살이여!

내가 제법 컸다고 느꼈던 순간

내가 제법 컸다고 느꼈던 순간

아주 드물게 일어나는 일이지만, 자기 자신을 제삼자의 눈으로 보고 갑자기 문득 어제까지 없었거나 알지 못했던 무언가를 알아차리는 순간이 있다. 인생에서 결코 잊을 수 없는 그런 순간. 일반적으로 느껴지는 것과 달리 사람은 언제나 같은 사람이 아니고, 깊이 새겨진 영원한 존재가 아니라는 사실을 우리는 살짝 놀라며 갑자기 깨닫는다. 영원할 거라는 달콤한 거짓말과 꿈에서 어느 날 느닷없이 깨어나, 잃어버렸거나 성장했거나 변했거나 발달했거나 쇠퇴한 자기 자신을 보고 곧바로 깨닫거나 놀라거나 생각에 잠겨, 변하고 발달하고 쉼 없이 흩어지는 과거의 영원한 흐름 안에서 헤맨다. 어떤 것은 이미 예상했던 일이지만, 또 어떤 것은 일반적으로 자신의 몇몇 이상과 완전히 괴리되어 있다. 꿈에서 깬 뒤에, 이런 깨달음의 몇 초 혹은 몇 시간이 몇 달 혹은 몇 년으로 늘어나면, 우리는 그것을 결코 견디지 못할 테고 그렇게 살고 싶지도 않을 것이다. 대다수는 그런 짧은 깨달음의 순간을 알지 못한 채 방주 안의 노아처럼, 변하지 않을 것 같은 자아의 탑 안에서 평생을 살며, 생명의 흐름과 죽음의 흐름이 세차게 지나쳐 가는 것을 보고, 그 흐름에 휩쓸려 떠내려가는 타인과 친구들을 외쳐 부르며 눈물을 흘린다. 그러면서도 자신은 계속 안전한 둑에서 그들을 지켜볼 뿐 같이 휩쓸려 떠내려가지 않고 같이 죽지 않으리라 믿는 것 같다.

모든 개개인이 세상의 중심축이다. 그래서 사람을 중심으로 세상이 도는 것처럼 보인다. 모든 개개인과 그 사람의 인생이 곧 세계 역사의 종착점이자 최고점이다. 한 사람의 인생 이전에는 수천 명이 시들고 가라앉았고, 이후에는 아무것도 없다. 세계 역사라는 아주 거대한 도구는 오로지 현재의 중심점에만 봉사하는 것처럼 보인다. 인간은 자신이 중심점이라고 믿기에 다른 사람이 삶과 죽음의 흐름에 휩쓸려 떠내려가는 동안에도 자신은 안전한 둑에 서 있다는 믿음을 갖는다. 하지만 이 믿음이 흔들리면 깨달음을 위협으로 느껴 깨어나고 깨우치기를 거부하고, 깨달음을 현실에 닥친 해악으로 혹은 영을 증오할 만한 적으로 여기며, 본능적으로 격분한다. 또한 깨달음을 추구하거나 뭔가에 사로잡힌 것처럼 보이는 사람들, 문제를 일으키는 사람들, 선견자, 천재, 예언자들로부터 등을 돌린다.

돌이켜 생각해보면 나 역시 깨어남 혹은 깨달음의 순간을 많이 갖지 못했다. 그마저도 나는 평생 기억에서 지우고 먼지로 덮으려 애썼던 것 같다. 내가 어렸을 때 겪은 깨어남의 몇몇 경험들은 아주 강렬했다. 물론 나중에 다시 한번 더 그런 순간이 왔을 때, 나는 어른답게 더 노련하고 더 똑똑하고 당연히 더 현명하고 잘 다듬어진 방식으로 반응할 수 있었지만, 깨달음의 순간이 주는 충격의 강도는 어렸을 때 훨씬 더 본질적이고 놀라웠다. 나 역시 그 순간을 더 강렬하고 열정적으로 경험했다. 하기야 대천사가 여든 살 노인에게 다가와 말을 건다면, 늙은 심장은 옛날 사춘기 시절에 어둑어둑한 정원 앞에서 리제 혹은 베르타를 기다리며 설레었던 심장만큼 놀라지도 겁내지도 충격을 받지도 않으리라.

내가 오늘 떠올린 그 옛날 깨달음의 순간은 1분도 채 안 되는 그저 몇 초였다. 그러나 깨어남과 깨달음의 몇 초에 우리는 많은 걸 보고, 실제 경험보다 훨씬 다양하게, 꿈에서처럼 시간이 마구 뒤섞인 채, 수많은 기억과 이미지를 떠올린다.

고향 집, '아름다운 방', 크리스마스 저녁이었다.

복음서가 낭독되었고, 두 번째 찬송이 끝났다. 나는 노래를 부르는 동안에 벌써 선물이 쌓여 있는 테이블 모서리를 흘깃거렸다. 드디어 모두가 자기 자리로 갔고, 하녀들은 어머니의 부름을 받고 밖으로 나갔다. 방안은 벌써 훈훈해졌고, 흔들리는 촛불이 방안을 환하게 밝혔다. 왁스와 송진 냄새, 갓구운 빵과 과자의 고소한 냄새가 기분을 더욱 들뜨게 했다. 하녀들은 흥분해 서로 귓속말을 주고받으며 서로의 선물을 보여주고 만져보았고, 동생도 자기 선물을 발견하고는 크게 환호성을 질렀다. 당시 나는 13세 혹은 14세였다.

아마 모두가 그랬겠지만 나는 크리스마스트리에서 멀찍이 떨어져, 선물이 놓인 테이블 쪽을 바라보고 수색의 눈빛으로 내 선물을 찾아냈고, 그쪽으로 열심히 갔다. 이때 나는 동생 한스와 그의 선물이 높이 쌓여 있는 소꿉놀이용 작은 테이블을 지나가야 했다. 나는 동생의 선물들을 재빨리 훑었는데, 그중 단연 돋보이는 선물은 작디작은 소꿉놀이 찻잔 세트였다. 깜찍하게 귀여운 작은 주전자, 찻잔, 받침들이 조르륵 놓여 있는데, 골무보다도 작은 귀엽고 깜찍한 찻잔들이 이상하게 감동적이었다. 동생은(나보다 다섯 살이 어렸다) 앙증맞은 도자기 세트 위로 허리를 숙이고 고개를 앞으로 잔뜩 내밀고 서 있었다. 나는 그 옆을 지나가면서 동생의 얼굴을 1초 정도 슬쩍 보았지만, 그 후 반백 년이 흘러서도 그때를 떠올릴 때면 매번, 그 1초가 보여준 것이 고스란히 다시 선명해진다. 조용히 번지는 엷은 미소, 행복과 기쁨을 감추지 못하는 해맑은 표정, 마법에 걸린 어린아이의 얼굴.

실제 경험은 그것이 전부였다. 다음 한걸음에 나는 벌써 내 선물에 도착했고, 선물을 풀어봤고 그걸로 끝났다. 한스의 앙증맞은 찻잔 세트는 지금도 아주 세세히 기억나지만, 그때 받은 내 선물이 뭐였는지는 기억나지 않는다. 그날의 장면은 지금까지 내 마음에 고스란히 남아 있다. 동생의 얼굴을 떠올리자마자 내 마음에는 여러 가지 다양한 감정과 놀람이 일어난다.

그날 나의 첫 번째 마음은 어린 한스를 한없이 귀엽고 사랑스럽게 보았지만, 동시에 거리 두기와 한 수 위라는 감정이 섞여 있었다. 찻잔 세트가 아주 귀엽고 앙증맞았지만, 도공에게 몇 푼만 주면 쉽게 얻을 수 있는 그런 작은 잡동사니에 매료되고 감동하는 것이 어쩐지 유치해 보였기 때문이다. 그리고 두 번째 마음은 첫 번째 마음과 모순되었다. 그러니까 첫 번째 마음과 동시에 나는 찻잔 세트를 향한 이런 멸시가 약간 부끄러웠다. 솔직히 말해 내가 아주 못된 사람처럼 느껴졌다. 크리스마스와 찻잔 세트, 마법처럼 빛나고 성스러웠던 모든 물건, 나도 한때 가졌었던 그 모든 것에 황홀경이라 할 만큼 기뻐하는 남동생을 보며 내가 한 수 위이자 더 영리하다고 느끼는 나의 감정이 부끄러웠던 것이다. 이것이 이날 경험의 핵심이자 의미였다. 깨달음과 놀람. 내가 '한때'라는 단어를 쓰다니! 나는 갑자기 깨달았다. 한스는 아직 어린아이였지만, 나는 이제 어린아이가 아니고 더는 어린아이가 될 수도 없으리라! 한스는 자신의 선물을 보며 천국을 경험했겠지만, 나는 그런 행복감을 더는 누릴 수 없었고, 그러면서도 한편으로 어른이 된 기분에 뿌듯함을 느꼈다. 자랑스럽게 그리고 기의 질투심도 같이. 나는 멀찍이 떨어져서, 여전히 변함없이 어린아이인 남동생을, 위에서 비판적으로 내려다보듯 건너다보았고 동시에 내가 동생과 동생의 찻잔 세트를 동정과 멸시 사이에서, 우월감과 질투 사이에서 봤다는 사실에 부끄러움이 밀려왔다. 그 짧은 순간이 이런 거리 두기와 깊은 분열을 만들어냈다. 그 순간 나는 갑자기 보았고 알게 되었다. 나는 더는 어린아이가 아니었고, 한스보다 더 나이가 많았고 영리했다. 그리고 나는 더 악했고 냉정했다.

이날, 크리스마스 저녁의 아주 작은 성장이 내 안으로 밀고 들어와 불편함을 만들었고, 내가 '나'로 성장하는 과정에 필요한 수천 개의 고리 중 하나를 완성했다. 거의 모든 것이 그렇듯이 나의 성장은 어둠에서 일어나지 않았다. 나는 그 순간에 깨어 있었고 의식이 있었으며, 비록 머리로는 알지 못했지만, 여러 감정의 다툼 속에서 명확히 감지할 수 있었다. 죽음 없는 성장은 존재하지 않았다. 그런 깨달음의 순간에 나무에서 잎 하나가 떨어졌고, 그것이 나의 허물을 한 겹 벗겨냈다. 이런 일은 인생에서 매 순간 일어나고, 성장과 시듦에는 끝이 없지만, 우리는 아주 드물게만 그 순간에 깨어나 우리 안에서 일어나는 일에 주의를 기울인다. 동생의 얼굴에서 황홀한 감탄을 보았던 그 순간 이후로, 나는 나에 관해 더 많이 알게 되었고 크리스마스 향기로 가득한 아름다운 방에서 다 같이 찬송가를 부를 때까지 알지 못했던 수많은 것들의 삶을 알게 되었다.

나중에 나는 이날의 경험을 수없이 떠올렸는데, 그때마다 두 가지 상반된 감정이 정확히 반반씩 완벽히 균형이 잡혀 있어 매번 신기했다. 높아진 자의식과 어두운 죄책감, 어른이 된 기분과 소중한 걸 잃은 허전한 마음, 더 영리하다는 우월감과 양심의 가책, 어린 동생을 멸시하며 거리를 두려는 마음과 동생에게 용서를 구하고 그의 천진함을 더 높이 인정하고 싶은 욕구가 정확히 반반씩 공존했다. 이 모든 것이 아주 복잡하게 들리겠지만 깨달음의 순간에 우리는 절대 순진하지 않다. 진실 앞에 벌거벗은 채 서는 순간 양심이 보장하는 떳떳함은 없고, 근거 없는 맹목적 자신감에서 나오는 평안도 없다. 깨달음의 순간에 인간은 자기 자신을 죽일 수 있지만, 다른 사람은 결코 죽일 수 없다. 깨달음의 순간에 인간은 항상 큰 위험에 처하게 된다. 그는 이제 열려 있고, 진실을 받아들이고 사랑하는 법을 배워야만 하며, 자신을 삶의 한 구성요소로 느껴야 하기 때문이고, 게다가 인간은 피조물이고 진실 앞에 적으로 섰기 때문이다. 그리고 진실은 결코 인간이 원하고 선택하는 대로 되지 않고 늘 냉혹하다.

그리고 나 역시 깨달음의 순간에 그렇게 진실 앞에 서 있었다. 인간은 진실을 곧바로 애써 잊어버리고, 나중에 진실을 완화하고 윤색할 수 있는데, 실제로 우리는 그렇게 하고, 매번 그렇게 한다. 그럼에도 그런 깨달음의 한 줄기 빛은 남아 있고, 삶의 매끄러운 표면에 돌출, 놀람, 경고를 남긴다. 그리고 인간은 나중에 그런 깨달음의 순간들을 아주 자주 떠올리는데, 그것은 마음에 간직한 추억의 반사와 윤색이 아니라, 급작스러운 빛과 놀람이라는 그날의 경험 그 자체다.

당시 아직은 어린아이에 가까웠던 나는 불현듯 어린 동생의 얼굴에서 시들어버린 내 어린 시절을 생생하게 보았다. 그리고 그 후 몇 시간과 며칠 동안 내게 일어난 성찰과 발견은 그저 벗겨진 껍질에 불과했고, 그것들은 모두 이미 추억으로 켜켜이 쌓였다. 사실 내가 경험한 것은 아름답고 상냥했다. 내가 보았고 갑자기 내 눈을 열어준 것은 사랑스럽고 부드럽고 예쁜 장면이었다. 나는 어린아이의 얼굴에 퍼진 경탄을 보았다. 그럼에도 그것은 급작스러운 빛과 놀람으로 내게 남았는데, 모든 깨달음의 내용은 늘 같기 때문이다. 진실의 얼굴은 수백만 가지이지만, 진실은 오직 단 하나뿐이다. 나는 행복을 보고 말았다. 행복은 동생의 환한 미소와 반짝이는 눈, 부드러운 불빛의 모습을 하고 있었다. 행복이 눈에 보이지 않을 때만 우리는 행복을 느낄 수 있다. 그런데 나는 행복을 보고 말았고, 내가 본 행복은 아름답게 빛났고 마음을 온통 빼앗는 것 같았다. 그러나 미소를 보내면서 동시에 우월감을 느끼게 하는 뭔가가 더 있었다. 그것은 유치했고, 어쨌든 나는 뭔가 어리석어 보이는 것을 유치하다고 여기는 경향이 있었다. 그것은 질투심을 유발했지만 동시에 멸시와 조롱도 불러일으켰다. 설령 내게 행복할 능력이 더는 없더라도, 그 대신에 내게는 조롱하고 비판할 능력이 있었다.

이것이 깨달음의 순간이 내게 가져온 괴로움과 불평이었다. 그러나 진실 안에는 뭔가 다른 괴로움이 더 들어 있었다. 하나는 오로지 나 자신과 관련된 도덕성으로, 나를 위한 교훈이자 자신에 대한 부끄러움이었다. 그러나 다른 하나는 보편적인 것으로, 그 순간에는 덜 아팠지만 결국에는 더 깊이 아팠고, 진실이 그렇듯 그것은 불편하고 무자비했다. 동생 한스가 느꼈고 그의 얼굴에서 환하게 빛났던 행복마저도 믿을 것이 하나도 없었다. 그것은 시들 수 있고 잃어버릴 수 있었다. 나 역시 한때 가졌었지만 잃어버렸고, 한스도 언젠가는 잃게 되리라. 내가 이것을 알고 있다는 사실에서 나는 한스에게서 질투와 조롱 외에 뭔가 다른 것을 더 느끼게 되었는데, 바로 연민이었다. 가슴이 찢어지는 강렬한 동정이 아니라, 부드럽지만 마음을 움직이는 연민. 풀 베기가 이미 시작된 들판의 꽃을 보며 느끼는 것과 똑같은 연민.

학창 시절

부모님 품에서 안전하게 보호받던 어린 시절, 어린아이의 순수한 사랑, 부드럽고 따스하고 밝은 환경에서 맘껏 놀았던 즐거운 일들만 얘기하면 아마도 아름답고 평온하고 행복하리라. 그러나 인생에 대해 말할 때, 내가 관심을 두는 것은 오직 발걸음이다. 자기 자신이 되어가는 인생 여정에서 내가 나에게 도달하기 위해 내디뎠던 발걸음. 그래서 나는 마음에 선명히 남은, 마법처럼 멋진 모든 휴식처, 천국, 행복의 섬을 아주 멀리 뒤로 한 채 계속 발걸음을 옮기고, 그곳으로 다시 돌아가기를 열망하지 않는다.

그러므로 아직 어른이 되지 않은 청소년기를 얘기하더라도, 나는 오로지 어떤 새로운 길이 내게 열렸고, 무엇이 나를 그 길로 이끌어 앞으로 나아가게 했는지만 말한다.

이런 충동과 부추김은 언제나 '다른 세계'에서 왔고, 언제나 두려움과 강박, 양심의 가책을 동시에 가져왔고, 언제나 혁명적이었다. 또한 내가 기꺼이 머물고 싶은 평온을 위협했다.

허용된 밝은 세계의 깊은 심연에 원초적 힘이 조용히 웅크리고 숨어 있는데, 그것이 내 안에서도 꿈틀거리고 있음을 깨닫게 되는 시절이 오고야 말았다. 모든 사람이 그랬듯이 성별 인식이 서서히 깨어났다. 그것은 금지된 일, 현혹, 파괴자, 적, 죄의 모습으로 나를 엄습했다. 나의 호기심이 갈망했던 것, 사춘기의 큰 비밀, 내게 꿈과 쾌락과 두려움을 주었던 그것은 어린 내가 맛보았던 평온이나 행복과는 거리가 멀었다. 나는 모두가 하는 것처럼 했다. 나는 더는 어린아이가 아니었지만, 어린아이인 척 이중생활을 했다. 나의 의식은 허용된 밝은 곳과 금지된 어두운 곳에 동시에 머물며, 동트는 새로운 세계를 부정했다. 그러나 다른 한편으로 무의식적인 꿈과 충동, 소망 안에 살았고, 내 안에서 어린아이의 세계가 붕괴했기 때문에 의식의 삶으로 건너가는 외나무다리는 점점 아슬아슬 위험해졌다.

거의 모든 부모가 그렇듯이, 나의 부모님도 은밀히 깨어나는 나의 충동과 본능에 아무 도움이 되지 않았다. 점점 비현실적이고 거짓으로 밝혀지는 어린아이의 세계에 계속 머물며 현실을 부정하려는 나의 헛된 노력에, 지치지 않는 근심과 염려를 보이는 것이 전부였다. 부모가 사춘기 자식을 위해 그것 말고 더 무엇을 할 수 있을까? 나는 모른다. 그래서 나는 내 부모를 비난하지 않는다. 나와의 싸움을 끝내고 나의 길을 찾는 것은 오직 나만이 할 수 있는 고유한 과제였다. 유복하게 자란 평범한 아이들이 그렇듯 나는 내 과제를 매끄럽게 해내지 못했다.

모두가 이 단계를 넘어야 하고 이런 어려움을 겪는다. 이것은 삶의 한 단계로, 자기만의 고유한 욕구가 주변 환경과 가장 격렬하게 격돌하는 시기이고, 가장 혹독하게 싸우며 앞으로 나아가야 하는 길이다. 대다수가 그 길에서 인간의 운명인 죽음과 재탄생을 경험한다. 인생에서 단 한 번뿐인 이 시기에, 어린 시절이 시들고 썩어 서서히 무너지고, 사랑했던 모든 것이 떠나려 하고, 갑자기 외로움과 치명적 냉기가 느껴진다. 그리고 아주 많은 이들이 이 단계를 빠져나가지 못하고 영원히 그 틈새에 머문다. 되돌릴 수 없는 과거와 잃어버린 천국의 꿈에 평생을 매달리고 집착하며, 꿈 중에서 가장 끔찍하고 살인적인 꿈에 사로잡혀 고통스럽게 산다.

교육에 대해

학교에 다니면서 나의 사회화, 즉 교육이 시작되었다. 이곳에서는 '현존재(출석)'가 축소된 세계의 전부가 되고, '실제 삶'의 법칙과 표준이 효력을 발휘하고, 노력과 절망, 갈등과 자의식, 열등과 분열, 경쟁과 배려가 시작되고, 매일 똑같은 일과가 끝없이 반복된다. 무엇보다 시간이 등교일과 휴일로 양분된다. 삶이 시간에 편입된다. 시간에 따라 살고 일해야 하고, 각각의 하루에는 고유한 무게와 고정된 가치가 있다. 하루는 특별한 한 단위로 시간에서 분리된다. 기준을 알 수 없는 달과 계절과 모든 삶에 끝이 생긴다. 축제, 일요일, 생일은 더 이상 갑자기 나타나 우리를 놀라게 하지 않는다. 우리는 그날이 언제이고 어떻게 돌아오는지를 시간으로 계산하고, 그래서 그 날짜와 귀환이 시계의 시각과 똑같이 기록된다. 우리는 그때가 되려면 시곗바늘이 얼마나 오래 돌아야 하는지를 가늠할 수 있다.

사실 나는 학교 교육에 대해 단 한 번도 진지하게 깊이 생각해본 적이 없다. 말하자면 나는 사람이 교육을 통해 어떤 식으로든 변화하고 개선될 수 있다고 믿지 않는다. 나는 학교 교육보다는 아름다움과 예술과 시의 부드러운 설득력이 훨씬 더 많이 사람을 변화시킨다고 확신한다. 나 역시 청소년기에 그 어떤 공적 혹은 사적 '교육'보다 예술과 시를 통해 더 많이 배웠고 정신세계에 점점 더 많이 호기심을 갖게 되었다.

진정한 교육은 어떤 목적을 위해 뭔가를 배우는 것이 아니다. 완성을 추구하는 모든 노력과 마찬가지로 교육의 의미는 교육 자체에 있다. 체력과 능숙함, 아름다움을 추구하는 노력에는 부자나 유명인 혹은 권력자가 되는 것 같은 최종 목표가 없다. 오히려 자신감을 높여 삶을 더 풍요롭고 행복하고 즐겁게 만들 뿐 아니라 안정감을 높이고 더 건강하게 해, 그 자체로 보상인 것이다. 이와 마찬가지로 '진정한 교육', 즉 정신과 영혼의 완성을 추구하는 일은 어떤 한정된 목표를 이루기 위한 힘겨운 여정이 아니라, 더 행복하고 더 건강한 삶을 위한 의식의 확장이자 가능성의 증가다. 그러므로 진정한 교육은 진정한 체력 증진, 성취감, 추진력과 마찬가지로 모든 곳이 목적지이고, 끝이 없는 무한한 여정이며, 우주와의 무한한 공명이자 공존이다. 교육의 목표는 개인의 능력과 실력을 증가시키는 것이 아니라, 교육을 통해 삶의 의미를 이해하고 과거를 해석해 자기 의지로 두려움 없이 미래를 열게 하는 것이다.

그런 교육으로 안내하는 길 중에서 가장 중요한 하나가 바로 세계문학이다. 세계문학을 공부하면, 과거가 여러 민족의 위대한 시인과 사상가의 작품을 통해 우리에게 남겨준 사고, 경험, 상징, 환상, 이상이라는 막대한 보물을 점차 자기 것으로 만들 수 있다. 이 길은 무한해 아무도 끝까지 갈 수 없다. 단 한 민족의 모든 위대한 문학을 완전히 연구하고 배우는 것은 불가능하며, 전 인류의 문학은 두말할 필요도 없다. 그렇더라도 위대한 철학 혹은 문학작품을 이해하는 일은 큰 성취이자 짜릿한 경험이다. 죽은 지식이 아니라 살아 있는 의식과 이해를 경험한다. 최대한 많이 읽고 많이 아는 것이 아니라, 자유 시간에 온전히 몰입할 수 있는 걸작을 각자가 자유롭게 선택할 수 있어야 하고, 자신이 선택한 작품에서 사람들이 생각했던 것과 추구했던 일을 폭넓게 온진히 이해하고, 세싱 진체에, 싎에, 인류의 심장박동에 활기차게 공명하고 함께 진동할 수 있게 되는 것이 중요하다. 그저 노골적인 생활필수품을 획득하는 것에 몰두하는 삶이 아닌 한, 모든 삶의 의미는 결국 세상과 공명하는 것이다. 그러므로 독서는 우리를 '흩어지게' 해선 안 되고, 오히려 우리를 한곳으로 모아야 한다. 독서는 무의미한 삶으로 우리를 속이고 가짜 위안으로 마취해선 안 된다. 오히려 우리의 삶에 점점 높아지고 점점 충만해지는 의미를 부여하도록 도와야 한다.

청소년에게 삶은 버겁다. 청소년은 힘이 넘치고, 모든 규칙과 관습을 마지막 하나까지 모조리 거부한다. 아들은 특히 아버지가 맹신하는 규칙과 관습을 가장 증오한다. 공경의 미덕을 향해 세차게 주먹을 날리는 행위는 어머니의 치마폭에서 벗어나기 위해 반드시 필요한 일이다. 그리고 회초리를 맞으며 커야 했던 십여 년의 전체 인생과 세상이 이제 침몰하고 있다고 느끼기 때문에, 그들이 환호하며 쾌재를 부르는 것은 당연하다. (……) 청소년의 고집과 대담한 반항을 참을 수 없는 사람, 청소년이 광적이고 청교도 같은 존재임을 인정하기보다는 현명하고 친절하며 모든 것을 이해하는 존재이기를 기대하는 사람은 그들을 거부하리라. 그리고 청소년의 반항을 거부하는 어른은 결국 자기만 손해일 것이다.

청소년에게 삶은 버겁다. 외적 요인뿐 아니라 자유와 인격의 문제 때문에. 특히 오늘날의 청소년에게 허락된 많은 자유로 인해 인격의 문제는 거의 풀 수 없는 지경이 되었다. 물론 우리 자신이 청소년이었을 때도 이미 대단히 비판적이고 혁명적이었지만, 개인적으로 좋든 싫든 수많은 성문법과 불문법이 받아들여졌고 지켜졌지만, 오늘날에는 삶의 토대가 되는 일반 도덕의 거의 전부가 완전히 사라졌다. 그러나 관습으로부터 자유로운 것이 곧 내적 자유를 뜻하는 것은 아니다. 확고한 미덕과 신념이 없는 세상은 청소년의 삶을 쉽게 만들기는커녕 훨씬 더 버겁게 한다. 그들은 자기 삶을 구축할 토대를 스스로 먼저 선택하고 만들어야 하기 때문이다.

청소년기의 위기는 사실 어른이 된다고 저절로 멈추지 않지만, 그럼에도 대다수가 그렇게 하려고 시도한다. 청소년기의 위기는 개별화를 건 싸움, 인격 형성을 위한 싸움이다. 한 인격의 탄생은 언제나 힘겹다. 알을 깨고 힘겹게 나오는 새와 같다. 인간은 꿈을 찾아야 한다. 그러면 길이 쉬워진다. 그러나 영원히 존재하는 꿈은 없다. 보는 꿈은 새로운 꿈으로 대체되기에 어떤 꿈도 손에 움켜쥐려 해선 안 된다.

모든 사람이 인격 형성에 성공하진 못한다. 대부분이 주어진 보기에 머물뿐, 개별화의 필요성을 전혀 자각하지 못한다. 그러나 개별화의 필요성을 자각한 사람은, 이 싸움이 전통과 마찰하고 평범한 시민의 보통의 삶과 갈등을 겪으리란 걸 안다. 개별화의 갈증과 주변에 적응하라는 요구, 대립하는 이 두 가지 힘에서 인격이 탄생한다. 혁명 없이는 아무것도 생기지 않는다. 물론 혁명의 강도는 사람마다 다르고, 한 번뿐인 개인의 삶(평균적인 삶이 아니다)을 사는 능력도 사람마다 다르다.

개별화의 필요성을 자각하고 개인의 삶에 대한 갈증이 높아 평균적인 무난한 삶에서 완전히 벗어난 청소년이라면, '미친' 것처럼 보일 수밖에 없다. 세상도 청소년처럼 '미치도록' 혁명하자는 요구가 아니라, 청소년의 이상과 꿈을 세상으로부터 보호해 썩지 않게 하자는 것이다. 이런 꿈과 이상을 품은 청소년의 영혼은 늘 위협받고, 친구들에게 조롱받고, 교육자로부터 미움을 받는다. 청소년의 영혼은 안정된 상태가 아니라 언제나 변하고 성장한다.

우리 시대는 청소년의 섬세한 영혼에 특히 버겁다. 사람들을 모두 똑같이 만들고 개별화를 최대한 억제하려는 시도와 노력이 만연하기 때문이다. 그러므로 그것에 맞서 자신을 방어하는 청소년의 영혼은 정당하다.

가장 뜨거운 질문은 기본적으로 이렇다. 우리는 청소년에게 전통, 규범, 태도를 가능한 한 많이 가르쳐야 할까, 아니면 최대한 자유를 보장해 유연성과 적응력을 최대치로 끌어올리게 해야 할까? 청소년의 세상에는 영혼의 질서와 도덕이 더는 없다. 그렇기에 전자의 방식으로 우리는 청소년이 바르게 머물도록 혹은 필요하다면 바르게 물러나도록 도울 수 있겠지만, 그 대신 그들의 이런 비도덕적이고 역동 자체인 세상에서, 함께 활동하고 성공할 가능성을 빼앗게 된다.

이론적으로 보면 규범과 전통을 가르치는 것이 우리에게 허락된 유일한 교육인 것 같다. 그럼에도 훈육의 끈을 얼마나 강하게 죄고 어디까지 느슨하게 풀어줄지는 오로지 우리의 사랑에 달렸다. 우리는 이것을 아주 신중하게 해야 한다. 그리고 아무리 조심스럽게 접근하더라도, 우리가 청소년을 너무 일찍 도덕적 결정 앞에 세우고 소중한 유년기를 성급하게 빼앗는 일은 피할 수 없으리라.

청년기

어떤 상황에서 보면 인생은 마치 미리 결정된 대로 흘러가는 것처럼 보인다. 하지만 인생에는 언제나 모든 삶과 변화의 가능성이 내포되어 있으며, 인간은 어떤 식으로든 자신의 인생을 스스로 살아갈 능력이 있다. 그리고 내면에 어린아이와 감사와 사랑이 많을수록 인생을 살아갈 능력은 더욱 커진다.

그러므로 직업과 나이를 핑계로 자기 자신을 제한하고 자신의 '청춘'을 억누르지 않아도 된다. 청춘이란 내면에 어린아이가 머문다는 뜻이고, 우리의 마음에 어린아이가 많이 머물수록 우리는 맑은 의식으로 더욱 풍요롭게 인생을 살아갈 수 있다.

모든 사내아이는 특정 나이에 한번쯤 운전사나 기관사, 사냥꾼이나 장군, 괴테나 돈 주앙이 되기를 꿈꾸는데, 그것은 자연스러운 발달이자 성장이다. 어린아이의 환상은 미래를 위한 가능성을 더듬어 찾지만 인생은 이런 꿈을 채워주지 못하고, 유년기와 청소년기의 이상은 저절로 소멸한다. 그러나 인간은 계속해서 가지지 못한 뭔가를 소망하고, 강렬한 본능적 욕구로 자기 자신을 괴롭힌다. 모두가 그러하다. 그러나 때때로 내적 깨달음의 순간이 있다. 그럴 때마다 우리는 자기 자신을 떠나 뭔가 다른 것 안으로 도망치는 길은 없으므로 오로지 자신의 고유한 재능과 부족함을 안고 인생을 끝까지 살아내야 함을 알게 된다. 그러면 분명 우리는 조금 더 성장해 있고, 전에는 몰랐던 뭔가가 우리를 행복하게 하고, 잠깐이지만 자신감을 느끼고 자신에게 만족하고 자신을 긍정할 수 있게 된다. 물론 이것이 장기적으로 유지되진 않는다. 우리의 가장 깊숙한 내면은 자연스러운 성장과 성숙을 애쓰는데, 그럴 때만 우리는 세상과 조화를 이룬다. 그러나 우리 개인에게 그런 일은 드물게 일어나고 그래서 그런 경험은 더욱 심오하다.

청년이 어떤 직업을 선택하고, 직업에 대한 이해와 열정이 얼마나 높은지와 상관없이, 그들은 언제나 청소년기의 혼란스럽고 무성했던 꿈들에서 나와 조직되고 경직된 세계로 들어가는데, 결국에는 언제나 실망한다. 그러나 이런 실망 자체는 애석한 일이 아니다. 환멸이 또한 승리를 뜻할 수도 있기 때문이다. 그러나 우리 시대의 대다수 직업과 '더 높이 선망받는' 몇몇 직업은 이기적이고 비겁하고 안락을 좇는 인간의 본능에 초점이 맞춰져 있다. 그런 직업에서는 다섯 살짜리처럼 굴며 허리를 굽히고 상사를 따라하면 아주 쉽다. 그리고 일을 사랑하고 책임감을 가지면 끝없이 힘들다.

청년들이 이것을 어떻게 감수하고 타협하느냐는 내게 중요하지 않다. 다만 직업에는 위험한 낭떠러지가 있음을 명심해야 한다. 청년들은 직업에서 도망치지 말고 과감히 도전해야 한다. 또한 스스로 직업의 노예가 되어서는 안 된다.

나는 무엇이 되었나?

내가 인간으로서, 작가로서, 남자, 아버지, 친구, 이웃 등등으로서 인생에서 이룬 일은 세상의 '의미'와 영원한 정의를 기준으로 어떤 고정된 잣대로 측정되지 않고, 나만의 유일한 잣대로 측정된다. 신은 당신에게 이렇게 묻지 않을 것이다. "너는 횔더, 피카소, 페스탈로치, 고트헬프가 되었느냐?" 대신 신은 이렇게 물을 것이다. "너는 내가 준 재능과 소명에 맞는 그런 사람이 정말로 되었느냐?" 그리고 그때 모두가 부끄러움 혹은 충격 속에 자신의 인생과 잘못된 길을 떠올리고, 기껏해야 이렇게 대답할 수 있으리라. "아니요, 나는 그런 사람이 되지 못했지만 적어도 그렇게 되려고 정말 열심히 노력했습니다." 그리고 그가 이 말에 떳떳할 수 있다면, 그는 정당함을 인정받고 시험에 통과한다.

'신' 혹은 '영원한 심판자' 같은 은유가 당신에게 거슬린다면 그냥 무시해버려도 된다. 여기서 중요한 단 한 가지는 우리 모두 특정 과제와 유산을 상속받았다는 사실이다.

아버지와 어머니로부터, 수많은 조상으로부터, 민족으로부터, 언어로부터 어떤 특징을 물려받았고, 장점과 단점, 편안함과 고난, 재능과 부족함을 상속받았다. 이 모든 것을 합친 것이 '나'이고 한 번뿐인 지금의 삶이다. 우리는 이 삶을 운영하고 발달시키고 끝까지 살아내야 하고 종국에는 온전히 되돌려주어야 한다.

잊히지 않는 강한 인상을 주는 삶들이 있다. 세계사와 예술사를 보면 온통 그런 삶들로 가득하다. 한 가지 예를 들자면 수많은 동화에서처럼, 가족 안에서 유난히 어리석고 쓸모없는 존재로 취급되던 사람이 하필이면 주인공이 되는데, 그것이 가능한 이유는 바로 그가 자신의 삶을 배신하지 않기 때문이다. 아무리 성공한 사람과 재능이 더 뛰어난 사람들이라도 그런 주인공 옆에서는 한없이 작아진다.

요컨대 자신의 삶을 배신하지 않고 온전히 살아내고 싶다면, 객관적이고 일반적인 성과가 아니라 자신에게 주어진 소명을 삶과 행동으로 가능한 한 순수하게 이행하고자 애써야 한다. 수많은 유혹이 끊임없이 우리를 이 길에서 끌어내지만, 모든 유혹 중에서 가장 강력한 유혹은 원래의 자기 자신과 완전히 다른 존재가 되고자 하고, 도저히 도달할 수 없고 도달할 필요도 없는 모범과 이상을 따르

려는 욕망이다. 이런 유혹은 뛰어난 재능을 가진 사람에
게 특히 더 강력한 효력을 낸다. 고귀함과 도덕성의 가면
을 쓰고 있기 때문에, 단순한 이기주의의 통속적 위험보다
훨씬 더 위험하다.

작품 하나가 완성되고

꿈이 계속 새로운 꿈으로 이어지고

나무를 심고

아이가 태어나고

그렇게 삶은 이어지고

작은 균열 하나가 시간의 어둠 속으로 점점 뻗어간다

아버지를 기리며

나는 중앙역 수화물 보관소 근처를 서성였고, 몇 분 후면 기차가 출발할 예정이었다. 저녁 어스름이었고, 벌써 등불이 하나둘 켜지기 시작했다. 나는 아침 일찍부터 집을 떠나 이 도시에 왔고, 이곳에서 몇 시간을 헤매며 친구를 만나려 애썼지만 결국 만나지 못했다. 나는 알고 지내던 어느 예술가의 작업장에 갔고 그곳에서 그림과 조각상들을 구경하며 시간을 보냈지만 마음은 불안했다. 미뤄둔 일들이 산더미였고, 내일과 모레 연달아 이틀 동안 각각 다른 곳에서 강연을 두 개나 해야 했다. 이것 역시 이미 몇 차례 미뤘던 일이었다.

강연은 의심의 여지 없이 좋은 일이었다. 불쌍한 전쟁 희생자, 억울하게 고향을 잃은 사람들, 적국에 억류된 사람을 돕는 일이었다. 하지만 (나는 때때로 이렇게 느꼈었고, 이 순간에도 그렇게 생각했는데) 자선 행위의 모든 노력과 활동이 다소 적절치 못하고, 속도 면에서 살짝 과열되었으며, 우리의 영혼에 아주 낯설 뿐 아니라 큰 전쟁 속에 충격

적이고 굴욕적으로 날뛰고 있는 재앙의 세계정신에 전염된 것 같았다. 몇 달 전부터 나의 온몸과 영혼이 아팠고, 흐리멍덩한 눈으로 수백 번을 도망치며 갈망하듯 불평하지 않았던가! 오 세계여, 제발, 날 내버려 둬!

나는 수화물 보관소 직원에게서 내 짐을 빼앗듯 받아 들고, 벌써 헤드라이트를 번쩍이고 증기를 내뿜으며 플랫폼에 서 있는 기차에 막 오르려던 참이었다. 그때 누군가 내 어깨를 두드렸다. 반가운 내 친구, 내가 이 도시에서 결국 만나지 못했던 그 친구가 거기 서서 내 얼굴을 빤히 보았다.

"잠깐, 기다려봐. 우리 집에서 하루 묵어도 괜찮아! 오늘 꼭 떠나지 않아도 돼!" 그가 다정하게 말했다.

나는 싱긋 웃고 손사래를 쳤다. 그때 그가 나지막하게 말했다. "너한테 전해줄 소식이 있어. 나한테 전보가 왔어."

"뭔데?" 나는 여전히 아무것도 모른 채 물었다.

친구는 내 가방을 뺏어 들고 말했다. "좋은 소식이 아니야. 니희 아버지가 갑자기 돌아가셨대."

15분 뒤에 나는 기차에 앉아 있었다. 강연이 잡혀 있는 도시로 가는 원래 기차가 아니라 다른 기차 안에, 오늘을 넘기지 않고 집에 도착할 기차. 나는 진정되지 않은 마음으로 급히 전보를 보냈고, 최대한 빨리 집으로 갈 수 있는 기차를 찾는 것 말고는 할 수 있는 게 아무것도 없었다. 나는 마침내 기차를 타고 집으로 향했다. 마음이 시키는 대로 곧장 돌아가신 아버지에게로 가지 못하고, 아버지와 정반대 방향인 내 집으로 향했다. 아버지가 있는 독일로 가려면 먼저 집으로 가서 여권을 새로 발급받아야 했기 때문이다. 전쟁 시기라 부상 없이 멀쩡한 몸으로, 사적인 일로 독일에 갈 수는 없었다. 이제 나는 아버지의 부고를 받은 아들이 당연히 해야 하는 자연스럽고 올바른 일을 하는 대신에 관청에서 도장을 받기 위해 줄을 서야 했고, 사진을 찍어야 했고, 서류에 서명해야 했고, 아무도 관심 없는 나의 개인 정보들을 공무원에게 말해야 했다. 이미 수없이 했던 일이라 새삼스러울 것도 없다. 그러나 기차를 타고 달리는 긴긴 시간에도 내 마음은 진정되지 않았다. 마음이 아팠고, 기차 바퀴의 시끄러운 박자가 수천 번씩 황량하고 묵직하게 내 귀를 때렸다. "아버지가 돌아가셨어. 이제 너는 아버지가 없어!"

그러나 수많은 다른 생각들도 그 옆에서 지지 않았다. 나를 도와줄 누군가가 있을까? 늦지 않게 빨리 여권을 받을 수 있을까? 누이들은 어떻게 하고 있을까? 남동생은? 그리고 문득 떠올랐다. 검은색 정장이 있어야 하잖아! 그리고 이 모든 생각들 사이로 깊은 부끄러움과 슬픔이 나를 괴롭혔다. 지금 이 순간 조용히 마음을 모아 아버지를 생각하지 못하고, 산만하게 흔들리고 여러 갈래로 쪼개진 채 수백 가지 한심한 작은 걱정거리들에 사로잡혀 있는 나 자신이 부끄러웠다.

이따금 상실의 슬픔이 흐릿하게 올라와 덩어리처럼 목에 걸려 나의 호흡을 빼앗고 머리를 아프게 했다. 그다음 나는 마음을 다잡고 진심을 담아 죽은 아버지의 모습을 떠올리려 노력했다. 그러나 선명하게 떠오르지 않았다. 그 순간 순전히 나를 위로하고 숨통을 틔워주는 긍정적인 생각이 떠올랐다. 아버지는 만족할 거야. 아버지는 휴식을 얻었어. 아버지는 원하던 곳으로 가셨어. 그때 문득 아버지가 병환으로 끝없는 고통 속에 괴로워한다는 걸 처음 알았던 때가 떠올랐다. 그리고 갑자기 아버지의 모습이 명료하게, 과도하게 선명하게 떠올랐다. 자상한 얼굴, 참기 어려운 통증을 참아보려는 몸짓, 숨을 깊이 몰아쉬며 앙상한 손으로 긴 머리카락을 쓸어 넘기는 모습, 멀리 낯선 곳에서 나를 바라보는 듯한 조용하고 슬펐던 눈빛. 마침내 다시 아버지의 존재가 선명하고 명료하게 내 안에 있었고, 나는 내게 이렇게 말했다. "그들은 결코 아버지를 이해하지 못했어. 아무도. 그의 친구들도 못 했지. 오로지 나만 온전히 아버지를 이해했어. 나도 그와 똑같이 외롭고 누구에게도 이해받지 못했으니까."

밤이 되어서야 나는 기차에서 내렸고, 집으로 가는 전차에 올라 친한 동네 사람들이 수다를 떨며 앉아 있는 모습을 보았고, 몸을 창 쪽으로 돌렸고, 익숙한 밤거리와 다리를 낯선 시선으로 보았다. 마치 피곤한 몸으로 여행을 이어가며 낯선 장소를 달리는 것 같았다. 아내가 도시 외곽에서 정류장까지 마중을 나왔고, 우리는 컴컴한 밭을 지나 우리의 집, 내가 아침 일찍 떠났던 집에 도착했다.

편지들이 쌓여 있는 책상 위에 전보가 있었다. 나는 전보 글귀를 읽고 나도 모르게 헛웃음을 지었다. "아주 빨리 잠들다." 거기 그렇게 적혀 있었다. '잠'이라는 표현이 듣기에 더 좋았고 그런대로 죽음과 잘 어울렸다. 나는 이 표현에 완전히 동의했다. 그것은 정확히 아버지의 표현 방식이었고, 심지어 작은 환호처럼 들렸다. 아버지는 아무도 모르게 소리 없이 조용히 탈출하는 데 성공한 것이다. 잡혀 있던 야생 새처럼, 방안에 아무도 없고 창문이 열려 있을 때 조용히 빠져나갔다.

나는 밤늦게야 비로소 침대에 누웠다. 그제서야 내 뿌리가 흔들림을 느꼈고, 슬픈 아름다움과 되돌릴 수 없는 모든 것들이 떠올랐고, 조용히 아무도 모르게 울 수 있었다.

다음 날 점심 무렵까지 나는 여권을 얻기 위해 애써야 했다. 곳곳에 걸림돌이 있었다. 악몽에서처럼 계속 문제가 발생했고, 어딜 가든 작은 것 하나가 빠져 있었고, 어디에서나 15분을 더 기다려야 했다. 하나뿐인 기차는 이미 떠난 지 오래였고, 나는 여전히 피곤한 머리와 차가운 손으로 관청에 서 있었다. 그 끔찍한 노란색 관청 의자 한가운데에 멍하니 앉아, 화를 억누르며 벽에 걸린 규정과 안내문을 뚫어지게 보았다. 기이하게 경직되고, 저주스럽고, 접근 불가인 세계가 냉정한 비현실성으로 나를 둘러쌌다. 로마 시대부터 생겨나서 모두의 영혼을 앗아간 관료제의 세계가 나의 고통과 슬픔을 다시 앗아갔다. 줄곧 아무도 없는 듯한 유리 벽이 아주 잠깐 열렸고, 나는 저 멀리 허공 너머로 수의를 입고 누워서 조용히 나를 기나리고 있을 아버지의 모습을 보았다. 그다음 나는 다시 개인 정보를 말해야 했고, 종이에 내 이름을 적어야 했다. 마침내 마비된 듯 거리로 나와 차에 뛰어올라 집으로 돌아왔다.

차려진 식탁과 가방을 보았고, 전화통화를 길게 한 후 대
충 빨리 식사를 마쳤고, 책을 가방에 챙겨 넣고 기차역으
로 출발했다.

오늘 안으로 아버지한테 갈 수 있는 기차는 없었다. 그
러나 나는 갈 수 있는 만큼만이라도 일단 떠나고 싶었다.
집을 나서기 전에 학교를 마치고 집으로 온 아이들을 볼
수 있었다.

그다음 나는 기차에 앉아 몇 시간을 달렸다. 내가 어제
아침에 갔었고 저녁에 돌아왔던 그 길을 다시 달렸고, 저
녁 무렵에는 원래 강연을 하기로 했었던 도시의 강당을 아
주 가까이 지나쳤다. 밤이 깊어질 때쯤 보덴제가 나타났
다. 물 위에 아직 배가 떠다녔고, 항구의 불빛 속에서 독일
땅이 다시 내게 인사했다. 내 인생의 여러 해가 풍경에 반
사되었다. 내가 먹었던 생선과 마셨던 포도주가 어둑어둑
한 수백 장면을 찢고 갑자기 환해졌다. 평화롭게 잠든 항
구를 떠나 밤바람을 맞으며 호숫가 언덕을 따라 조금 더
걸은 뒤, 무거운 몸으로 새벽까지 잤다.

다음 날 아침, 나를 옛 고향으로 데려다줄 기차를 탔을
때, 계속 바뀌는 기차 밖 풍경에서 아버지의 관이 나를 끌
어당기는 것을 선명히 느꼈다. 아버지의 관은 나만 끌어당

기지 않았으리라. 다른 기차와 객실에서 다른 지역을 지나는 나의 누이들, 나처럼 아버지를 잃은 누이들, 그러나 나와 달리 아버지의 어떤 특별한 모습을 온전히 (그리고 어쩌면 유일하게) 이해하고 알았던 누이들도 끌어당겼다.

나는 계속해서 풍경과 도시들을 지나, 나의 옛 고향, 내가 다니던 학교, 내가 어렸을 때 숲으로 산으로 뛰어다녔던 곳으로 점점 다가갔다. 모든 것이 반짝였고, 나는 내 인생을 거꾸로 되짚어보았다. 변덕스럽게 구불구불 굽이굽이 돌지 않고, 아버지에서 아버지로 곧장 이어지는 험준하고 거칠 수밖에 없는 지름길로 회상했다.

나는 다시 답을 알 수 없는 질문들을 생각했다. 아버지는 새처럼 경쾌하고 밝고 환하게 다른 사람을 기분 좋게 하는 놀라운 재능을 타고 났음에도, 정작 자신의 삶 대부분은 힘겹게 보냈다. 어떻게 그럴 수 있을까? 이해가 되지 않았다. 언제나 힘들게 고통에 쫓겼던 이 연약한 남자의 삶은 기이하게도 어떤 독특한 잔치처럼 고귀한 광채로 당당하게 빛났다. 아버지가 감사와 병온 속에 생을 마감할 수 있었던 건, 타고난 순수하고 건강한 쾌활함 때문이 아니었다. 아버지가 끝까지 감사하고 쾌활할 수 있었던 것은, 고통받는 자의 힘겨운 삶에서도 햇살과 위로가

들어올 수 있게 세심하게 창문을 열어두는 법을 알았기 때문이리라.

　나는 마지막으로 아버지 집을 방문했던 때를 떠올렸다. 인사를 나누자마자 우리의 대화는 온전한 이해와 신뢰와 깨달음이었다. 내가 아버지를 아는 것보다 훨씬 더 많이 나를 알았을 아버지이기에 나를 의심하거나 나무라거나 다른 것을 요구할 이유가 충분했다. 아버지의 부드러운 자상함에 비하면 내가 너무 거친 도시인이었더라도, 우리가 함께이고 서로를 잃지 않으리라는 감정이 따사로운 하늘처럼 우리를 덮고 있었고, 관용과 양보의 미덕이 의심의 여지 없이 나보다는 아버지에게 더 많았다. 아버지는 비록 거룩한 성인은 아니었지만, 신은 성인을 만드는 신비한 재료로 아버지를 빚으셨기 때문이다. (내게는 세상에서 멀리 떨어진 휴식의 장소이자 피난처였고, 아버지에게는 감옥이자 고통의 새장이었던 방에) 내가 마지막으로 아버지 곁에서 평화롭게 앉아 있었을 때, 얼마 전부터 앞을 보지 못하게 된 아버지가 내게 불면증을 없애는 좋은 방법을 알려주었다. 잠 못 이루는 밤마다 그 방법을 쓰면 금세 잠이 오고 중간에 깨지 않고 내쳐 잘 수 있다고 했다. 아버지는 라틴어 명언과 속담을 줄줄이 외웠다. 그것도 알파벳 순

서로. 그것은 사고력 훈련 말고도 여전히 기억력이 건재함을 자랑하는 일이었다. 아버지는 그 놀이를 하자고 제안했고 내게 A로 시작하라고 요구했다. 두세 개 명언이나 속담을 생각해내기까지 나는 아주 오래 걸렸다. 제일 먼저 "Alea iacta est(주사위는 던져졌다)"가 생각났고, 그다음 "Ars longa, vita brevis(예술은 길고, 인생은 짧다)"를 떠올렸다. 그러나 앞을 보지 못하는 아버지는 눈을 꼭 감고 생각에 잠겼고, 보물을 찾는 사람처럼 조심스럽게 아름다운 문장을 알파벳 순서에 정확히 맞게 계속해서 꺼냈다. 또한 아버지는 보물 수집가가 신중하게 손가락을 뻗어 보물을 집어 올리듯이 아름답고 짧은 모든 문장에 경쾌한 존중을 담아 조심스럽고 명료하게 말했다. 기억하기로 그때 아버지의 마지막 문장이 "Aut Caesar aut mihil(황제이거나 아무 것도 아니거나)이었다.

다시 아버지의 얼굴이 또렷이 떠올랐다. 길게 빗어 넘긴 머리카락 아래의 당당한 표정, 고귀하게 높고 아름다운 이마, 시각을 잃은 눈을 덮은 물쑥 튀어나온 눈꺼풀. 아버지의 부고를 들은 후에 비로소 이 모든 사랑스럽고 고귀한 것들을 더는 되돌릴 수 없다는 사실을 깨달았다. 아버지의 부드러운 손을 더는 만질 수 없고, 아버지의 목소리도 다시는 들을 수 없으며, 축복을 내리듯 내 관자놀이를 찾아 손을 뻗던 모습을 다시는 볼 수 없는 것이 어떤 상실인지를 나는 갑자기 느꼈다. 나는 한동안 흔들리는 기차 안에서 창밖을 내다보며 상실의 고통 외에는 아무것도 느끼지 못했다. 아버지가 알지 못했고 아버지를 알지 못했으며, 성실한 한 인간이 여기 살았고 죽었음을 알지 못하는 세상 사람들을 향해 분노 같은 것을 느꼈다.

그리고 문득 훨씬 끔찍하고 훨씬 더 무서운 일이 떠올랐다. 어떻게 지금까지 그것을 생각조차 하지 못했던 말인가! 내가 아버지에게 보낸 마지막 엽서. 아버지는 어쩌면 마지막 순간에도 그 엽서를 가지고 있었을지 모른다. 짧게, 급하게, 대충 안부를 묻고, 편지를 쓸 만큼 한가롭지 못하다고 불평했던 엽서, 아, 이런. 얼마나 불만 가득하고 흉하고 부끄러운 엽서였던가! 내가 차라리 아무것도 쓰지 않았을 때보다 더 끔찍했다. 내가 사춘기에 아버지에게 주었던 상처와 고통은 아무것도 아니었다. 그것은 더 아프고 가혹했겠지만, 그 나이 때에는 당연한 일이었고 통과의례처럼 불가피한 일이었다. 그러나 무관심과 공허한 의무들 때문에 정작 첫 번째 의무인 사랑을 저버린 잘못은 얼마나 나쁘고 용서받지 못할 죄이던가! 어두운 진흙 폭풍처럼 죄책감이 소용돌이쳤다.

기차가 중앙역에 섰다. 친구가 마중을 나왔고, 기차를 갈아탈 수 있을 때까지 자기 집에 머물게 해주었다. 다음 날 느린 시골 기차가 작은 마을들을 계속 통과한 끝에 마침내 작은 시골 역에 정차했다. 그곳에서 나는 많은 인파에 섞여 있는 남동생과 누이들을 보았고, 우리는 서로를 얼싸안았다. 피를 나눈 형제가 어린 시절처럼 다시 모였다. 잊고 살았던 어린 시절의 들뜸, 함께 만들었던 순수한 추억들, 오래전에 죽은 어머니의 따스한 눈매와 갈색 눈동자. 갑자기 모든 것이 거기 있었고, 온기와 안정감을 주었고, 고향의 향기가 났다. 우리는 어린 시절처럼 온갖 얘기를 주고받았고, 같은 피를 가진 형제의 사랑이 잔잔히 흘렀다. 아, 우리는 얼마나 쓸쓸히 먼지 자욱한 인생길을 걷는가! 그 속에서 과연 우리는 이렇게 많은 사랑을 숨 쉴 수 있을까? 아, 얼마나 쓸쓸하고 가련한 인생인가! 그러나 이제 모든 게 좋았다. 우리는 이제 고향에 돌아왔다.

평화로운 시골길과 초봄의 들판 곳곳에, 아직 녹지 않은 눈들이 남아 있었다. 아, 이 얼마나 좋은가! 내가 여기 온 것이, 내가 여기 살았던 것이, 내가 누이와 팔짱을 끼고 남동생의 어깨를 두드릴 수 있는 것이. 아, 얼마나 말할 수 없이 좋은가! 그리고 작은 동산을 향해 고향 집으로, 아버지가 누워서 우리를 기다리고 있는 그곳으로 점점 다가가는 것은 얼마나 슬프고 놀라운가! 자식들이 먼 길을 떠날 때마다 아버지가 손을 흔들어주었던 창문을 다시 본다. 계단을 오르고 아버지의 보드라운 펠트모자가 걸려 있었던 유리문 위의 못을 본다. 그리고 깔끔하게 정돈된 복도와 거실에서 소박하고 좋은 냄새를 맡고, 아버지에게서 언제나 느낄 수 있었던 부드러운 순수함을 숨 쉰다.

밀렸던 이야기가 계속 이어졌고, 누이들이 커피를 준비했다. 그렇다. 아버지는 가볍게 재빨리 탈출했다. 소리도 몸짓도 없이 거의 즐겁게 고통의 새장을 빠져나갔다. 아버지는 수많은 고통으로 삶에 회의를 느꼈지만 그렇다고 죽음을 두려워하지 않은 건 아니었다. 그럼에도 아버지는 종종 진심으로 죽음을 기다렸었다. 우리는 그걸 잘 알고 있었다. 이제 모든 게 잘 되었다. 아버지는 마침내 구원을 얻었다. 아버지가 원하는 건 오직 그것 하나뿐이었으니까. 나는 탁자에 놓인 아버지의 부고장을 발견했다. 거기에는 아버지의 소원대로 무덤에 적어둬야 할 시편 구절이 적혀 있었다. 나는 누이들에게 어떤 내용인지 아느냐고 물었고, 누이들은 동시에 웃으며 말했다. "올무가 끊어졌고, 새는 자유로워졌다!"

이제 나는 조용히 거실을 나와 아버지의 방문을 열었다. 창문이 열려 있었고, 꽃향기에 섞여 냉기가 들어왔다.

아버지는 꽃 위에 하얗게 누워 있었고 양손이 가볍게 포개져 있었다. 깊이 숨을 들이쉬는 것처럼 머리가 뒤로 한껏 젖혀져 있었고, 높은 이마가 당당하고 늠름해 보였으며, 눈은 조용히 감겨 있었다. 얼마나 깊이, 얼마나 간절히 숨을 쉬었을까? 아버지의 얼굴은 마침내 편안한 휴식에 도달한 것 같았다. 아버지의 온화한 얼굴에 휴식과 구원 그리고 진정한 만족이 드리워져 있었다. 평생을 통증과 불안에 쫓겼고, 그럼에도 용맹하게 싸웠던 투사이자 기사였던 아버지. 이제 아버지는 주변을 감싸는 무한한 고요에 진심으로 경탄하며 깊이 귀를 기울이는 것처럼 보였다. 오, 아버지, 아버지!

내가 울면서 아버지의 손에 입 맞추고, 나의 살아 있는 따뜻한 손을 그의 돌 같은 이마에 올렸을 때, 어린 시절 내가 겨울에 꽁꽁 언 손으로 집에 오면 온종일 심한 두통에 시달렸던 아버지가 종종 그 손을 자기 이마에 올려놔달라고 청했던 일이 떠올랐다. 이제 나의 불안하고 따뜻한 손을 아버지의 이마에 올려 아버지의 냉기를 가져왔다. 아버지의 늠름한 기사다움과 탁월한 고귀함이, 눈 덮인 고요한 산꼭대기의 당당함처럼 얼굴에 명확히 서려 있었다. 오, 아버지, 아버지!

저녁에 누나가 내게 금반지를 건넸다. 나의 어머니가 옛날 1860년대 초에 첫 번째 남편에게서 받았던 반지로, 안쪽에 명언이 새겨져 있었다. 어머니는 그 반지를 10년 뒤에 아버지와 결혼하면서 아버지에게 주었었다. 나는 가느다란 금반지를 돌려보았고, 오래된 글귀를 읽었고, 손가락에 끼웠다. 잘 맞았다. 내가 아버지의 손에서 수천 번을 보았었고 어렸을 때 종종 재미 삼아 돌려보았던 반지를 내 손가락에서 보았을 때, 누나와 나 우리 두 사람은 나의 손이 아버지의 손과 많이 닮았다는 걸 동시에 깨달았다. 나는 밤에 두 번이나 잠에서 깼는데, 낯선 반지 때문이었다. 나는 지금까지 단 한 번도 반지를 껴본 적이 없었다. 나는 누워서 반지를 보며, 나의 삶과 운명을 아버지와 연결할 수밖에 없는 수백 가지 필연 중에서 이 반지는 그저 아주 약한 은유에 불과함을 느꼈다.

다음 날에도 나는 다시 혼자 아버지 옆에서 시간을 보냈고, 아버지는 여전히 깊이 감탄하며 큰 평화에 집중하는 것 같았고, 평화와 완전히 하나가 된 것 같았고, 나는 다시 거룩한 샘물에 이마와 손을 식혔다. 나를 아프게 하는 모든 것이 이 좋은 서늘함 앞에서 아무것도 아니었다. 그리고 내가 나쁜 아들이고 거룩한 아버지의 아들이기에 아직 너무나 존엄하지 못하더라도, 나의 영혼도 언젠가 이렇게 아주 차가워지고, 쉼 없이 뛰던 맥박도 이렇게 고요해지리라. 그리고 고통 속에서 다른 위안을 더는 찾을 수 없더라도 나는 항상 이 순간을 기억하리라. 언젠가는 나의 이마도 이렇게 차가워질 테고 나의 감각은 더 높고 큰 곳으로 흘러 들어가리라.

죽은 아버지의 서늘하고 환한 작은 방에 손님처럼 머물렀던 아름답고 흡족한 날들을 보낸 뒤에야 비로소, 내게도 죽음이 중요하고 의미가 생겼다. 이때까지 나는 죽음에 관해 거의 생각하지 않았고, 두려워하지도 않았으며, 심지어 좌절 속에 조바심을 내며 소망하기도 했었다. 이제 비로소 나는 죽음의 참모습과 크기를 온전히 보았다. 죽음이 극단의 저편에 서서 우리의 운명을 완료하고 인생의 동그라미를 닫기 위해 기다리고 있음을 알게 되었다. 나의 삶은 길이다. 그 길의 초입에서 나는 사랑을 듬뿍 받았다. 어린 시절에 어머니 곁에서 종종 노래를 부르고, 학창 시절에 자주 짜증을 내며 그 길을 걸었고, 더러는 그 길이 끝나기를 원하기도 했었지만, 그 길의 끝은 결코 내 앞에 선명히 나타나지 않았다. 내 삶에 양분을 주었던 모든 의욕과 힘은 어두운 시작, 출생, 어머니의 무릎에서 생겨났고, 죽음은 그저 우연한 한 점처럼 보였다. 언젠가 나의 모든 힘과 활기, 의욕이 그 점에서 마비되고 사라지리라. 이제 처음으로 나는 이 '우연한 점'에도 필연과 규모가 있음을 알았고, 양 끝점에 묶여 있는 내 인생을 느꼈고, 운명을 완료하고 인생의 동그라미를 닫기 위해 끝점을 향해 끝까지 가야 하고, 모든 축제 중에서 가장 엄숙한 축제를 위해 성숙해가는 것이 나의 과제이자 내가 걸어야 할 길임을 알았다.

우리 형제들은 많은 이야기를 나눴고, 아버지에 관한 특별한 추억이 떠오른 사람은 그것을 재현하기 위해 애썼고, 중간중간에 돌아가면서 아버지의 일기를 한 부분씩 골라 낭독했다. 때때로 누군가 벽에서 가족사진을 가져왔고, 우리는 꼼꼼히 보았고, 뒷면에 적힌 날짜를 확인했다. 때때로 누군가 거실을 나가 잠깐 '건너편 방'으로 가서 아버지 곁에 머물렀고, 때때로 누군가 울었다. 누나는 다른 형제보다 특히 더 상실감이 컸다. 누나에게 아버지의 죽음은 외적 삶에서도 큰 전환이자 운명이 되었다. 우리는 누나를 안아주고 사랑으로 감쌌다. 서로 떨어져 산 긴 세월 끝에 우리는 서로를 포옹했고, 피와 성격의 공통점뿐 아니라, 아버지와 어머니에 대한 수백 가지 소중한 추억들도 공유했다. 모두가 그것을 아버지가 남긴 최고의 유산으로 꼽았다. 두려움의 시간에 우리를 하나로 묶어주는 것은, 그저 같은 피를 물려받았다는 끈끈함이 아니었다. 피를 넘어서는 뭔가가 있었다. 우리의 아버지와 어머니가 우리에게 심어주려 애썼고, 우리 중 누구도 벗어나지 않았으며, 말과 공동체의 모든 구속이 깨진 뒤에도 여전히 내 마음 깊은 곳에 남아 있었던 믿음이 있었다. 우리는 이제 모두가 숙명과 소명과 의무를 느꼈다. 말로 표현할 수 없고, 어떤 행동으로도 그 힘을 잠재울 수 없는 어떤 믿음이 모두에게 피처럼 똑같이 흘렀다. 설령 우리가 서로를 잃는다 해도, 고향이라는 기사단에 속한 영원한 수도원이 우리에게는 있다. 이런 믿음은 설령 짓밟는다 해도 절대 사라지지 않으므로 탈퇴란 있을 수 없다.

그러나 우리는 그것에 대해 한마디도 하지 않았다.

이제 갈색 봄흙이 아버지와 우리 사이에 있고, 어쩌면 오늘 아버지의 무덤에 벌써 첫 번째 꽃들이 뿌리를 내릴지 모른다. 나는 이제 고향이 없다. 어머니와 아버지는 다른 장소에 묻혔다. 나는 추억과 기억을 가져가지 않았다. 내 손이 벌써 적응한 얇은 금반지만 가져갔다. 흙이 마지막 어머니 역할을 했던 그곳이 일단은 나의 고향이 되리라. 죽은 아버지가 그랬던 것처럼 내가 사랑하고 낯설어했던 이 세상에서 그럼에도 나는 길을 잃지 않았다. 그리고 슈바벤 땅의 축축한 갈색 무덤에서 나는 잃은 것보다 얻은 것이 더 많다. 성숙의 길을 걷는 사람은 오로지 얻기만 할 뿐 아무것도 잃지 않는다. 언젠가 그가 철창이 열린 것을 발견하고, 마지막 심장박동이 멎어야 다가갈 수 있는 그곳으로 탈출할 순간이 올 때까지 아무것도 잃지 않는다.

죽은 사람을 위해 성경이나 다른 책에서 좋은 글귀와 명언을 찾는다면, 많은 얘기를 하고 싶지 않고 많은 얘기를 하지 않고도 죽음의 소중한 광채를 반영하고 싶다면, 어디에서도 다음의 시편 구절보다 더 좋은 것을 찾지 못할 것이다.

"올무가 끊어졌고, 새는 자유로워졌다!"

중년기

　　　예술가들처럼 고유한 기질이 있는 사람
들에게 40세에서 50세까지의 10년은 잦은 불만과 불안의
시기이자 위기의 시기다. 그렇기에 자기 자신과 삶과 타
협하기가 종종 힘들다. 그러나 이 시기가 지나면 곧 안정
의 시기가 온다. 나는 그것을 직접 체험했고, 다른 여러 사
람에게서도 목격했다. 발효와 투쟁의 시기, 늙어가고 성
숙해지는 시기에도, 청춘의 아름다움 못지않은 아름다움
과 행복이 있다.

청춘 탈출

나의 심장은 더는 봄이 아니다. 이제 늦여름이다. 나의 흠뻑 취한 그리움은 더는 저 너머 베일에 싸인 먼 곳의 꿈을 색칠하지 않고, 마침내 가까운 곳을 보는 법을 배운 내 눈은 이제 눈앞에 있는 것에 만족한다. 나는 성숙해지기를 욕망한다. 나는 죽을 준비가 되었고, 다시 태어날 준비가 되었다. 세상이 더 아름다워졌다.

독일 속담에 남부 사람들은 마흔이 되어야 현명해진다는 말이 있다. 겸손하고 순박한 남부 사람들조차 이 속담을 일종의 치욕으로 여긴다. 그러나 나는 이것을 오히려 큰 영광으로 여긴다. 속담이 말하는 현명함(젊은이들이 '노인의 지혜'라고 부르는 것으로, 순환과 양극단의 비밀을 알고 이율배반을 이해하다)을 마흔에 가진 사람을 남부에서조차 찾아보기 어렵기 때문이다. 그러나 40대 중반을 넘어 50대로 가면, 가진 재능과 상관없이 '노인의 지혜'나 현명한 사고방식이 자연스럽게 생긴다. 특히 온갖 경고와 불평을 동반하는 뚜렷한 육체적 노화가 거들 때 그렇다. 팔다리가

유연성을 잃고 삐걱거릴수록, 우리는 유연하고 양면적이
며 양극단을 아우르는 사고방식이 더 시급하게 필요하다.

지친 여름이 고개를 떨구고

호수 속 담황색 그림을 본다

나는 피곤한 몸으로 먼지를 쓰고

가로수 그늘을 거닌다

미루나무 사이로 지그재그 바람이 지나고

내 뒤의 하늘은 붉고

내 앞에는 두려운 어둠이 있다

황혼 그리고 죽음

나는 피곤한 몸으로 먼지를 쓰고

주저하며 멈춰 서 있다

청춘, 아름다운 머리를 숙이고

나와 함께 더 가기를 꺼린다

늦여름

늦여름이 하루, 또 하루
달콤한 온기를 여전히 선사하고
꽃넝쿨 위로 나비 한 마리가 피곤한 날갯짓으로
이리저리 날아다니며 황금빛으로 반짝인다

저녁과 아침이 축축하게 숨 쉰다
축축하고 미지근한 옅은 안개를 숨 쉰다
뽕나무가 갑자기 노랗게 나부끼고
커다란 잎 하나가 연파랑 하늘로 날아간다

햇살 가득한 바위 위에 도마뱀이 휴식하고
포도들은 넒은 잎사귀 그늘에 몸을 숨겼고
세상이 마법에, 잠에, 꿈에 매혹된 것 같아
그들을 깨워야 할 것만 같다

음악은 때때로 여러 소절로 길게 이리저리 흔들리고

황금빛 영원으로 얼어붙는다
마법에서 깨어나
성숙의 용기와 현재로 돌아올 때까지

늙은 우리는 포도를 수확하며
여름 볕에 그을린 갈색 손을 데운다
낮은 여전히 웃고 있고, 아직 끝나지 않았다
오늘과 지금이 우리를 붙잡고 아첨한다

요양객

　기차가 요양의 도시 바덴 역에 도착했다. 힘겹게 계단을 밟으며 기차에서 내려서자마자 벌써 바덴의 마법이 느껴졌다. 플랫폼의 축축한 시멘트 바닥에 서서 마중 나온 호텔 포터를 곁눈질로 찾으며, 내 뒤로 기차에서 내리는 비슷한 처지의 동지들을 보았다. 좌골신경통 환자. 힘겹게 겨우 끌려오는 골반, 흔들흔들 불안한 걸음걸이, 조심스럽게 내딛는 신중한 움직임과 그때마다 등장하는 다소 무기력하고 울 것 같은 표정에서 나의 동지들임이 분명하게 드러났다. 같은 처지지만 저마다 특징이 있고 괴로움도 달랐다. 주저주저, 멈칫멈칫, 절뚝절뚝, 걸음걸이도 다르고, 저마다 표정도 다르지만 그럼에도 공통점이 더 많다. 나는 그들 모두가 나의 좌골신경통 동지, 형제, 동료임을 한눈에 알아볼 수 있었다. 책에서 읽은 게 아니라, 의사들이 '주관적 감각'이라고 부르는 '신체적 경험'으로 좌골신경통을 접한 사람은 동지를 예리하게 알아본다. 나는 걸음을 멈추고 그 모습을 관찰했다. 보라, 서넛 중 한 명은 표정이 나보다 더 나쁘고, 더 힘겹게 지팡이에 기대고, 살덩이를 더 뜰썩이며 끌어올리고, 더 신중하게 조심조심 겁을 내며 발바닥을 땅에 댄다. 모두가 나보다 더 괴롭고, 가련하고, 아프고, 불평할 만했다. 그리고 그것은 확실히 내게 위안이 되었고, 내가 바덴에서 보낸 요양 기간 내내 수천 번씩 지칠 줄 모르고 계속 위안을 주었다. 주변의 모두가 절뚝거렸고, 거의 기듯이 걸었으며, 한숨을 쉬었다. 나보다 훨씬 아픈 몇몇은 휠체어를 탔고, 나보다 기분이 좋거나 희망찰 이유가 훨씬 적었다. 바덴에 도착한 첫 순간에 벌써 나는 모든 요양소의 비밀과 마법을 알아차렸고, 진심으로 기뻐하며 그 발견을 누렸다. '소키오스 하베레 말로룸(socios habere malorum).' 고통을 공유한 공동체.

이제 나는 플랫폼을 나와 온천으로 향하는 인파의 흐름 속에 몸을 맡겼다. 느릿느릿 한 걸음씩 걸을 때마다 위안이라는 귀중한 경험을 쌓아갔다. 사방에서 흘러들어 온 요양객들이 지친 얼굴로 여기저기 초록색 의자에 구부정하게 쪼그려 앉았고, 더러는 무리를 지어 절뚝절뚝 걸으며 수다를 펼쳤다. 휠체어에 앉아 피곤하게 미소 짓는 여자의 시든 꽃처럼 마른 손, 그 뒤에서 활짝 핀 꽃 같은 보호사가 힘차게 휠체어를 민다. 류머티즘 환자들이 엽서, 재떨이, 누름돌(그들이 왜 그런 물건들을 사는지 나는 알 수가 없었다) 등을 구입하는 상점에서 한 노신사가 나왔다. 노신사는 계단 하나를 오르는 데 1분이나 걸렸고, 그때마다 지치고 근심에 찬 사람이 자기 앞에 놓인 큰 과제를 바라보듯이 앞에 놓인 길을 올려다보았다. 뻣뻣한 머리에 카키색 군용 모자를 쓴, 아직은 꽤 젊어 보이는 사내가 막대 두 개에 의지해 씩씩하게 그러나 역시 힘겹게 앞으로 나아갔다. 아, 이곳 어디에서나 만나는 지팡이, 고무 쥠쇠가 끝에 달린 이 빌어먹을 병원 지팡이는 거머리나 고무젖꼭지처럼 아스팔트에 쩍쩍 들러붙는다! 나 역시 말랑말랑한 지팡이의 도움을 기꺼이 받았지만, 필요하다면 지팡이 없이도 걸을 수 있었으므로, 나는 보는 눈이 없을 때만 그 슬픈 고무 막대를 사용했다! 당연히 내 모습은 모두의 눈에 띄었으리라. 평평한 길을 빨리 날쌔게 내려가는 모습, 고무 지팡이를 거의 사용하지 않고 순전히 장식품처럼 들고 다니는 모습, 대수롭지 않아 보이는 좌골신경통 증상. 허벅지의 당김이 있긴 했지만 스치듯 잠깐뿐이고, 전체적인 내 모습은 내가 얼마나 건강하고 멀쩡하게 걷는지, 이곳의 모든 늙고 불쌍하고 아픈 동지들보다 내가 얼마나 더 젊고 건강한지 보여주었으며, 그들의 연약함을 적나라하고 가차 없이 드러냈다. 나는 부러움의 시선을 빨아들였고, 걸음을 뗄 때마다 우쭐함을 마셨으며, 이미 거의 건강해진 기분이었다. 아무튼 이곳의 다른 모든 불쌍한 사람들보다 훨씬 건강하다고 느꼈다. 그렇다. 거의 불구에 가까운 절름발이와 절뚝이며 힘겹게 걷는 사람들이 이곳에서 치유를 희망할 수 있다면, 고무 지팡이에 의존하는 사람들에게 이곳 온천이 도움이 된다면, 나의 대수롭지 않은 가벼운 통증쯤은 분명 눈 녹듯이 사라질 테고, 그러면 의사는 나를 멋진 성공 사례로, 최고로 감사한 결과로, 작은 치유의 기적으로 여기리라.

그렇게 나는 첫날의 행복을 맘껏 누렸고, 순진한 자기 긍정의 향연을 펼쳤다. 나는 원래 그쪽으로 재능이 있는 편이다. 곳곳에서 등장하는 요양객 동지들, 나의 병든 형제들의 절뚝이는 모습에 나는 기분이 좋아졌고, 내게 다가오는 휠체어를 보며 기쁜 연민과 행복한 자기만족을 느끼며 길을 따라 걸었다. 길은 너무나 평평하게 잘 골라져 걷기에 편했다. 몇몇 요양객들이 바퀴의 도움을 받아 굴러온, 굴곡이 얕고 경사가 고른 길을 나는 물 흐르듯 부드럽게 이동해 호텔 입구로 향했다. 좋은 마음과 행복한 희망을 안고 앞으로 머물게 될 '하일리겐호프'로 다가갔다. 이제 나는 이곳에서 서너 주를 견뎌야 하고, 매일 온천욕을 해야 하고, 가능한 한 많이 걷고, 흥분과 근심을 최대한 멀리해야 한다. 강렬함의 반대가 이곳 생활의 규정이므로 아마도 가끔은 단조롭고 지루할 테지만, 늙은 은둔자인 나는 호텔 생활과 붐비는 인파를 몹시 싫어하고 버거워하므로, 넘어야 할 몇몇 장애물을 각오해야 하고 더러는 극복을 위해 싸워야 할 일도 있으리라. 그러나 의심의 여지 없이 이곳 생활은 완전히 낯설고 새로울 테고, 어쩌면 살짝 호화롭고 다소 단조롭겠지만 분명 유쾌하고 흥미로운 경험도 하게 되리라. 평화로운 자연과 조용한 시골에서 여러 해 동안 연구에만 빠져 살았던 내게 잠시나마 다시 사람들 속으로 돌아오는 것은 정말로 필요한 일이 아니었을까? 그리고 무엇보다 중요한 것은 장애물 너머에, 이제 시작되는 요양 기간 너머에 그날이 있다는 사실이다. 지금이 길을 아주 힘차게 오를 날, 내가 다시 젊어지고 병이 치유되어 유연해진 무릎과 골반으로 이 호텔을 떠날 날, 이온천과 다시 작별하고 아름다운 이 길을 춤추듯 달려 기차역으로 가는 날.

통증

통증은 우리를 한없이 작게 만드는 대가다
우리를 더 불쌍하게 태우고
우리를 삶에서 떼어놓고
우리를 활활 타오르게 하고 외롭게 하는 불이다

지혜와 사랑이 작아지고
위로와 희망이 옅어지고 사라진다
통증은 거칠게 그리고 질투로 우리를 사랑하고
우리는 녹아내려 결국 그의 것이 된다

자아는 흙의 형상으로 쪼그라들고
활활 타오르며 방어하고 공격태세를 취해본다
그다음 조용히 재가 되어 가라앉고
대가에게 순종한다

통풍

아직 손가락을 구부릴 수 있는 날
시를 쓰는 몇 시간이 지나고
좋은 시구를 찾아내면
세상은, 통풍은, 통증은 내게 아무것도 아니다

글쓰기가 안 되는 다른 날
나는 귀를 기울인다, 뼛속 깊이에서
기지개를 켜고 온몸으로 기어오르는 통증
그것은 죽음이지만, 우리는 그를 통풍이라 부른다

나는 그를 좋아하지 않고, 우리는 자주 싸우지만
나는 안다, 그가 악하지 않음을
악해서 나를 괴롭히는 게 아님을. 그의 임무는 구원이고
나는 기꺼이 한 구간을 더 따라간다

언젠가 우리가 완전히 화해하고 합의하면

나는 그를 더는 통풍, 죽음이라 부르지 않으리라
그가 영원한 어머니임을 깨닫고
그의 부름을 사랑으로, 나를 어린아이로 여기리라

비츠나우에서

8일 전부터 내 옆 테이블에 앉았던 사람들을 오늘 나는 거의 알아보지 못했다. 하루가 마치 10년 같다. 나의 책들, 나의 방, 나의 낚시도구, 나의 옷, 나의 손, 모든 것이 남의 것인 양 낯설고, 모든 것이 느닷없고, 모든 것이 나를 압박한다.

아, 이 밤! 잠들지 못한 채 벌써 열 시간. 억압된 내 영혼은 잔인하게 폭력적인 생각들과 싸우고, 이갈이와 흐느낌에 맞선다. 그것은 모든 계략과 절망의 잔혹함과 벌이는 가슴과 가슴의 싸움, 육탄전, 결투다. 마음에 쌓았던 모든 댐과 담, 힘들게 마련한 모든 씨앗과 주춧돌이 짓밟히고 무너졌다. 아직 꿈속에 있는 것 같다.

지치고 힘겨운 날이 황홀한 노을과 함께 저물고, 나는 일찍 침대에 누웠다. 창밖으로 보이는 호수에서 물안개가 피어오르고, 잔잔하고 규칙적인 물결이 담을 때렸다. 나는 창백한 하늘로 높이 솟은 함메취반트를 멍하니 내다보았다. 나는 그때 긴 싸움의 시간이 어김없이 냉혹하게 왔고, 쇠사슬에 길들어 억눌려 있던 모든 것들이 거세게 족쇄를 끊기 시작함을 감지했다. 영원함과 순진한 본능과 무의식의 삶을 억압하고, 더 좁은 범주로 새로운 결정을 내렸던 내 삶의 모든 중요한 순간들이 적을 공격하는 부대처럼 내 기억 앞으로 돌격해왔다. 내가 이룬 모든 왕좌와 기둥들이 그들의 돌격 앞에서 두려움에 떨기 시작했다. 그리고 이제 모든 것이 무너져 내려 구해낼 것이 아무것도 없음을 문득 깨달았다. 내면 깊숙이 머물던 세상이 억압을 뚫고 올라와 굴러떨어지고 부서지며, 내가 아끼는 흰 사원과 멋진 그림들을 조롱했다. 그럼에도 이런 절망의 분노와 붕괴가 어쩐지 친근하게 느껴졌다. 내 가장 소중한 추억과 어린 시절을 닮아 있었다.

이런 재발견과 동시에, 왜곡되고 양분된 감정으로 나를 괴롭히고 지치게 했던 내면의 깊은 존재를 뚫고 날카로운 통증이 긴긴 시간 동안 쓰라리게 파고들었다. 나는 괴롭힘에 무기력해지고 겁에 질린 아이가 되었다. 흐느낌이 나를 덮쳤다. 눈물 없는 흐느낌이 말할 수 없이 쓰리고 무섭고 절망적으로 나를 덮쳤다.

그만, 제발 그만! 밤이 지났다. 그런 끔찍한 통증이 또

올 수는 없으리라. 이제 아무런 통증도 느껴지지 않고, 그저 묵직한 피로감과 당혹스럽고 불확실한 느낌만 남았다. 내 안에서 뭔가가 폭파되고, 신경이 끊어지고, 싹이 잘린 것 같다. 그리고 내 생각에 어쩌면 죽음이 이미……. 아니, 아니다!

나는 생각하지 않는다. 나는 느끼고 있으며, 변함없는 확신으로 안다. 나의 청춘, 나의 희망, 내가 가진 가장 좋고 가장 신성한 것의 싹이 잘렸고, 나는 싹을 잃은 줄기를 뭔가 낯설고 망가진 것처럼 본다. 가을이다.

더는 여기서 고통받지 않으리라. 내일 도시로 돌아가리라. 창백하게 메마른 가을, 서늘한 산과 하늘을 담은 우울하고 적막한 호수가 나를 두렵게 한다. 챙겨온 플라톤이 테이블에 놓여 있다. 가련한 헌책! 내게 플라톤이 무슨 소용이겠는가? 나는 사람들을 만나야 하고, 자동차 소리를 들어야 하고, 새 책과 신문을 읽어야 하고, 빠르게 흐르는 삶의 신선하고 미숙한 향을 맡아야 한다. 또한 나는 포도주를 마시는 밤, 평범한 여자들과 평범한 대화를 나누고, 당구를 치고, 이유와 마비 없이는 더는 견딜 수 없는 이 고난에 스스로 수천 가지 이유를 댈 수 있게 해주는 온갖 쓸데없는 일을 하는 밤이 그립다. 나도 모르게 번지는 즐거움이 있어야 하고, 신경이 격렬하게 반응하는 자극이 있어야 하고, 나를 기쁘게 할 희귀본 서적들과 세련된 새로운 음악이 있어야 한다.

나는 이 밤을 죽을 때까지 잊지 않으리라. 아, 이 밤! 나는 모든 잠 못 이루는 밤에 이 고통의 기억에 괴로워하리라. 밤은 잠복 중인 악령처럼 반갑게 밖을 염탐하며, 평온과 고통의 모든 경계를 허물고, 독하게 달콤하고 따끔거리게 아픈 피곤한 감정으로 모든 감각을 분해할 것이다. 쇼팽의 섬뜩한 〈B단조 소나타 프레스토〉가 미세하게 노출된 신경을 쓰다듬듯 어루만져준다. 따끔거리는 통증, 부드럽고 달콤한 아픔. 그러나 이것이 너무 지나치면 절망적인 날카로운 슬픔이 온갖 고문을 가해 격렬한 육체적 고통으로 발전할 수 있다.

엘리자베스…….

결산을 내보자! 아직은 꽤 젊은 나이인 내게는, 한때 존경받았던 상상력, 눈부신 기분을 누리고 조직하는 다소 낡은 능력, 몇몇 사랑을 가벼운 연애소설로 연출하고 연장할 수 있는 신중한 '영혼'의 작은 재능이 어느 정도 훌륭하게 보존되어 남아 있다. 여기에 오랜 습관으로 얻은 비극적 이상과 꿋꿋이 인내하는 버티는 기술을 더하면, 나는 이토

록 아름다운 글을 쓰는 내 능력을 자랑스러워할 수 있고,
작가로서의 미래를 걱정할 이유가 없다.

환자

내 삶은 바람처럼 나부낀다
나는 홀로 누워 있고 깨어 있다
창에 걸린 초승달이
나를 내려다본다
나는 누워 있고 추위에 몸을 떨며
방안을 메운 죽음을 느낀다 ―
심장아, 어찌 그리도 겁내며 뛰느냐
아직도 너는 불타는가?

나는 조용히 노래를 시작한다
달과 바람을 조용히 노래한다
벗나무와 백조
마리아와 아들 예수
모든 노래가 떠오른다
부를 수 있는 온갖 노래
별과 달이 들어오고

숲과 노루가 내 안에 있다
모든 아픔과 기쁨이 흐른다
나의 감은 눈 뒤로
서로를 알지 못한 채

모든 것이 달콤하고, 모든 것이 타오르고
나는 내가 어디에 있는지 모른다
여인들이 하얀 얼굴과 붉은 입술로 온다
위태로운 촛불처럼 사랑 앞에 가물가물 깜박인다
그들 중 하나는 죽음이라 불린다
아, 그녀의 이글거리는 눈빛이 내 심장을 빨아들인다!

신들이 늙은 눈을 뜨고
숨어 있던 하늘이 열린다
웃음과 눈물의 하늘
별들이 서둘러 하늘을 돌며
모든 달과 해를 빛나게 한다
나의 노래가 점점 잦아들어 끝이 나고
하늘 한복판에서 잠이 온다
신들의 세상을 따라

은하수 위를 미끄러져 온다
발걸음이 눈 위를 걷듯 미끄러진다……
나는 무엇을…… 빌어야 할까?
나의 모든 고난이 계속되더라도
더는 아프지 않기를

검은 기사

나는 조용히 결투장을 빠져 나와
승리자의 이름을 얻는다
여인들의 발코니 앞에 깊이 허리를 굽힌다
그러나 아무도 내게 손을 흔들지 않는다

나는 하프 음률에 맞춰 노래한다
하프의 깊은 울림
하프 연주자들이 조용히 내 노래에 귀를 기울인다
그러나 사랑스러운 여인들은 달아났다

나의 검은 방패에
무수한 화환이 걸려 있고
무수한 승리의 황금이 눈보인다
그러나 사랑의 화환은 없다

기사들과 가수들

내 관에 허리를 숙이고

월계수와 창백한 재스민을 관 위에 놓으리라

그러나 관을 장식할 장미는 한 송이도 없으리라

황야의 이리

나, 황야의 이리는 빠르게 걷고 또 걷는다
세상은 온통 눈으로 덮여 있다
자작나무에서 까마귀가 날개를 펴나
어디에도 토끼 한 마리, 노루 한 마리 없다!
나는 노루에 푹 빠졌지
한 마리라도 찾으면 좋을 텐데
이빨로 물고 발로 움켜쥘 텐데
그것은 세상 최고로 멋진 일
나는 그 사랑스러운 것들을 진심으로 좋아할 텐데
연한 허벅지를 깊이 물어뜯고
선홍색 피를 배불리 마실 텐데
그리고 나중에 밤새도록 외로이 짖으리
토끼 한 마리로도 나는 만족하리라
그 따스한 살점은 밤에 달콤하다 —
삶을 조금 더 즐겁게 해줄 것들
아, 모두 나를 떠나갔는가?

내 꼬리털이 벌써 희끗희끗하고
더는 또렷하게 보기도 힘든데
내 사랑하는 아내는 죽은 지 벌써 몇 년이구나
그리해 나 이제 빠르게 걸으며 노루를 꿈꾸고
빠르게 걸으며 토끼를 꿈꾸고
겨울밤 바람 소리를 듣는다
내 타들어가는 목을 눈으로 적시고
내 비참한 영혼을 악마에게 바칠 테지

성찰이 필요한 나이

내 인생은 이제 한낮에 이르렀고, 나는 중년이 되었고, 수년 전부터 조짐을 보였던 새로운 관점과 생각, 견해가 비로소 그 형태를 드러내며, 내 삶 전체를 새롭고 전혀 다른 모습으로 만들려 한다는 것이 느껴진다.

이것이 언제부터 시작됐는지는 알 수 없다. 그냥 그런 조짐이 먼저 있었고, 내가 아직 어린아이였을 때 혹은 아직 어린아이조차 아니었던 때부터 이미 어떤 예감과 가능성이 있었다.

나는 다시 살아 있음을 느끼고, 더 젊어진 것 같고, 미래를 느끼고, 힘과 효능감을 느낀다. 이 모든 것이 수년간 늘 그랬었다. 이제 허물 벗기가 진행 중이고, 오래 묵은 껍질이 떨어져 나가려 한다. 그리고 내가 수년간 죽을 수밖에 없는 운명에서 오는 고통이라 여겼던 것이 이제 새로운 탄생을 위해 겪어야 하는 고통으로 보이기 시작한다.

죽을 수밖에 없는 운명에서 오는 고통은 끔찍하다. 나는 그동안 내가 걸어온 어둡고 긴 공포의 골짜기처럼 내 뒤에 남아 있는 그 고통을 돌아본다. 아무 희망도 없는 외롭고 쓸쓸한 수년의 세월이 흘렀다. 지금도 그 세월을 생각하면 몸이 얼어붙는 듯하다. 그것은 춥고 적막한 지옥과도 같았고, 그 끝에는 암흑과 죽음뿐이었으며 아무 희망도 없었다. 끝나기를, 부디 그 고통이 끝나기만을 바랐다.

그러나 모든 고통에는 한계가 있는 것 같다. 한계에 이르면 고통은 끝나거나 다르게 변해 삶의 색채를 띠게 된다. 물론 그래도 고통은 여전하지만, 이때의 고통은 삶이자 희망이다. 나는 고통스러웠던 것만큼 또한 고독했다. 나는 지금 내게 최악이었던 시기와 조금도 다를 바 없이 외롭다. 하지만 이제 고독은 나를 마취시킬 수도 없고 아프게 할 수도 없는 독약과 같다. 나는 그 독성에 내성이 생길 만큼 그동안 충분히 많이 마셨다. 그러나 사실 그것은 독이 아니라 그저 고독이 변한 것일 뿐이었다. 우리가 받아들일 줄 모르고, 사랑할 줄 모르고, 고맙게 받아 마실 줄 모르는 것은 모두 독이다. 그리고 우리가 사랑할 수 있고 우리의 삶이 받아들일 수 있는 것은 모두 생명이고 가치다.

내 인생의 한 부분을 성찰하고자 할 때, 나는 그것을 통해 뭔가를 배울 수 있고, 그럴듯한 공식을 찾아내고 지혜를 깨울 수 있다는 생각으로 사색하지 않는다. 어린 시절부터 지금까지 철학에 관심이 많았고 여러 철학자의 저서를 읽었지만, 나는 나의 세계관을 세세히 표현할 능력도 자신도 없다. 나는 철학자가 아니고 철학자가 되고 싶은 마음도 없다. 오랫동안 나는 사색을 과대평가했고, 사색에 심혈을 기울이며 많은 것을 희생하기도 했다. 나는 사색을 하며 때로는 패배자가 되고 때로는 승리자가 되었다. 하지만 내가 이 모든 것을 할 수 없었더라도 오늘날 결과는 마찬가지였으리라. 사색을 통해 나는 아무것도 배우지 못했고, 내가 읽은 수많은 철학서와 그 저자의 사색에서는 더더욱 배운 것이 없다.

처음 철학서를 읽으며 수차례 고개를 갸우뚱거린 후 마침내 뭔가를 이해했다고 생각했던 그 시절, 그 어이없는 착각을 나는 아직도 생생히 기억하고 있다. 내가 처음 읽은 철학서는 스피노자의 책이었고, 그 후 칸트의 책을 읽는 동안에도 그런 착각이 되풀이되었다. 나는 내가 그 철학서를 이해했다고 여겼고, 철학적 사고 구조를 파악하고 그 구조에 담긴 삶의 법칙에 공감할 수 있는 내 능력을 확인한 기분에 뿌듯함을 느꼈다. 그때의 만족감과 쾌감은 그 자체로 아주 근사했지만, 그것 때문에 나는 마치 진리를 발견한 것 같은 착각에 빠지고 말았다. 나는 세상을 완전히 이해했다고 생각했지만, 사실은 무한한 표상의 소용돌이 속에서 어떤 결정체를 내면에 만들거나 붙잡아 간직하는 멋진 순간을 경험한 것에 불과했다. 세상을 이해한다는 것은 이런 보기 드문 순간들이 끊임없이 이어지는 삶을 산다는 뜻이다. 철학은 이런 보기 드문 순간을 체험할 수 있는 수천 가지 수단 가운데 하나에 불과하다. 나는 그것을 감지하고 있었지만, 오랫동안 믿으려 하지 않았다. 실제로 내가 칸트나 쇼펜하우어, 셸링〔헤겔과 함께 독일 관념론을 대표하는 철학자 프리드리히 셸링(Friedrich Schelling, 1775~1854)〕에게서 체험한 것은, 〈마테 수난곡〉이나 만테나〔15세기 이탈리아의 미술을 대표하는 화가 안드레아 만테나(Andrea Mantegna, 1431~1506)〕의 그림, 괴테의 『파우스트』 등에서 체험한 것과 조금도 다르지 않았다.

현재 철학을 보는 나의 입장은 이렇다. 철학의 우월한 가치는 창조적 철학자에게만 존재할 뿐, 그 제자나 독자 혹은 비평가에게는 아니다. 창조적 철학자는 자신의 세계 창조에서, 모든 존재가 성숙과 성취의 순간에 느끼는 것, 이를테면 여인이 출산할 때, 예술가가 창작할 때 혹은 나무가 계절과 해가 바뀔 때 느끼는 것을 체험한다. 철학자들은 이런 순간을 '의식적으로' 체험하고 다른 이들은 '그 저' 무의식적으로 체험한다는 견해가 있는데, 이것은 내가 암묵적으로 의심하는 오래된 고정관념이다. 물론 이 고정 관념이 옳을 수도 있겠지만, 철학자가 자신의 작품을 보 며 수도 없이 많은 착각에 빠지고, 자신이 발견한 것 가운 데 하필이면 가장 미심쩍은 것에 애정과 자만심을 갖는 일 이 허다한 것을 보면, 이 고정관념이 옳을 리가 없을 것 같 다. 의식에 그런 우월한 가치를 두는 것은 나의 경험과 대 치된다. 나에게 중요한 것들을 끊임없이 내 의식의 시야 안에 두는 것은, 내 '자아'의 가치와 그것의 상승에 결정적 구실을 하지 않고, 그저 의식과 무의식의 영역 사이에서 내가 혼란스럽지 않고 막힘이 없는 좋은 관계를 유지하는 데 도움이 될 뿐이다. 우리는 생각하는 기계가 아니라 살 아 숨 쉬는 생명체이고, 로마 웅변가의 유명한 비유로 표 현하자면, 무의식은 우리의 위장과 비슷한 위치를 차지한 다. 논쟁을 벌일 의향이 없는 사람에게 내 생각을 표현하 기는 쉽지 않다. 그러나 비유로 표현하는 것이라면, '의식' 과 '무의식'이라는 단어도 설명하려 애써볼 만할 것이다.

자, 당신이 좁고 깊은 호수라고 한번 상상해보라. 그러 면 호수의 수면이 바로 의식이다. 그곳은 밝고, 우리가 생각이라고 부르는 일이 그곳에서 일어난다. 한편 그 수면을 형성하는 호수의 분자는 무한히 작다. 그곳의 분자가 공기 또는 빛과 접촉하면서 물이 새롭게 변화하고 풍성해지기 때문에, 이 분자들이야말로 가장 멋지고 흥미로운 것이기도 하다. 그러나 수면에 있는 물 분자들은 쉴 새 없이 바뀐다. 수면 아래의 물 분자가 끊임없이 위로 올라오고, 수면에 있던 물 분자가 아래로 내려가면서 흐름이 생기고 위치 이동과 보충이 일어난다. 또한 모든 물 분자는 한번쯤 수면에 있어 보고자 한다. 호수가 물 분자로 이루어진 것처럼, 우리의 자아 혹은 정신 역시 수백 수천만 개의 분자, 즉 끊임없이 성장하고 변화하는 소유물과 기억과 인상들로 이루어져 있다. 그것들 가운데 우리의 의식이 보는 부분은 좁은 표면뿐이다. 우리의 영혼은 표면 아래의 무한하게 넓은 부분을 보지 못한다. 그러므로 넓고 어두운 공간의 무의식을 좁은 표면의 밝은 부분으로 끊임없이 끌어올려 자리를 교환하는 영혼은 풍요롭고 건전하며 다행히도 능력이 있는 것 같다. 그러나 많은 이들의 표면 아래에는 온갖 것들이 끝도 없이 들어차 있고, 그런 것들은 결코 밝은 표면으로 올라오는 일이 없이 밑에서 고통스럽게 썩어간다. 그런 것들은 썩어가며 고통을 주기 때문에 의식에 의해 계속 거부를 당하게 되고, 의심과 우려의 대상이 된다. 해롭다고 인식되는 것은 표면 위로 올라올 수 없다. 그것이 바로 모든 도덕의 본질이다! 하지만 해로운 것도 이로운 것도 존재하지 않는다. 모든 것이 선하거나 중립적이다. 모든 개인은 자신에게 이롭지만 표면 위로 올라와서는 안 되는 자신만의 고유한 것들을 내면에 지니고 있다. 그런 것들이 위로 올라오면 불행이 따른다고 도덕은 가르친다. 하지만 그것이 오히려 행복을 줄 수도 있다! 그러므로 모든 것은 표면 위로 올라와야 하고, 어쩌면 도덕에 복종하는 사람만 불쌍해지리라.

내가 지난 몇 년 사이에 체험한 것을 이런 비유로 표현하자면 나는 밑에서 위로 올라오는 길이 차단된 호수와 같았고, 그래서 죽은 것이나 다름없는 괴로운 상태에 있었다. 그러나 이제 다시 위와 아래의 물이 서로 자리를 바꾸어가며 흐르고 있다. 아직은 부족하고 충분하게 활기차지 못할 수도 있지만, 어쨌든 다시 흐르기 시작했다.

밤에

생각으로 인해 나는 종종 잠들지 못한다

이제 배 한 척이 서늘한 밤을 뚫고

바다를 지나 해안으로 다가와

불타는 허기로 나를 삼키는 생각

이제 선원조차 모르는 장소에서

붉은 북극광이 아무도 모르게 이글거리는 생각

이제 아름다운 낯선 여인의 팔이

사랑을 찾는 듯 하얗고 따뜻하게 베개에 닿는 생각

내 친구가 되어야 할 누군가가

이제 멀리 바다에서 어두운 종말을 맞는 생각

나를 모르는 나의 어머니가

이제 어쩌면 잠든 나의 이름을 부를 거라는 생각

여름의 끝

단조롭게 조용히 애절하게 빗물이 흐른다
미적지근한 저녁 내내
지친 아이처럼 울며
점점 자정에 다가가며

축제에 지친 여름
메마른 손으로 화환을 들어
멀리 던져버린다 — 시들어버린 화환 —
그리고 점점 겁을 먹고 끝내려 한다

우리의 사랑도 화환이었다
타오르는 뜨거운 여름 축제
이제 마지막 춤이 조용히 잦아들고
비가 쏟아지고 손님들이 달아난다

그리고 시들어버린 화려함과

꺼져버린 불씨가 부끄러워지기 전에

이 엄숙한 밤에

우리의 사랑과 작별 인사를 하자

쉰 살이 된 남자

이제 서서히 조금씩 조금씩 죽음에 가까워진다. 치아, 근육, 뼈들이 마치 지금까지 특별히 잘 지냈던 사이인 것처럼 유난스럽게 작별을 고한다. 점점 푸석푸석하게 생기를 잃다가 마침내 조용해질 때까지, 수많은 비통을 삼키며 괴로워해야 하리라. …… 폭죽은 가장 화려하게 빛나는 그 순간에 갑자기 크게 '푸후' 소리를 내고는 사라진다.

나이가 들수록, 삶에 매달릴 이유가 적을수록, 더 삶에 집착하고 헛되이 죽음을 두려워한다. 그리고 더 탐욕스럽게 마지막 빵 부스러기에 달려들고, 더 어리석게 마지막 남은 몇몇 기쁨에 매달린다. 그러나 또한 언제나 희망할 이유를 찾아내고 다시 희망한다. 오늘, 쉰 살이 된 남자의 살고자 하는 열렬한 갈망이 나를 괴롭히는 동안, 나는 중년의 위기 너머에 있는 노년의 고요함과 평온함을 희망한다.

나는 죽음을 기다리지만 너무 일찍 찾아온 설익은 죽음은 싫다. 나는 노인의 성숙과 지혜를 갈망하면서도 젊음의 달콤하고 변덕스러운 어리석음을 열렬히 사랑한다. 우리는 성숙한 아름다운 지혜와 달콤한 어리석음을 모두 원한다. 사랑하는 동지들이여! 우리는 여전히 두 가지 모두와 함께 걸으며 함께 비틀거리고자 한다. 두 가지 모두 소중하니까.

나는 삶에 집착하는 나의 큰 끈기에 종종 놀란다. 어제까지 결코 견딜 수 없어 보였던 비통한 상황에, 전혀 원치 않는데도, 오늘 다시 순순히 적응하고 익숙해진다.

쉰 살이 넘으면 서서히 어린아이 같은 유치한 장난을 그만두고, 명예욕과 공명심이 사라지고, 초연하게 자신의 인생을 돌아보기 시작한다. 기다림을 배우고, 침묵을 배우고, 경청을 배운다. 이런 좋은 재능은 몇몇 부족함과 약함을 받아들이면서 덤으로 얻게 된다. 그래서 이런 거래를 이익이라 여긴다.

요람에서 무덤까지
50년이 흐르고
그러면 죽음이 시작된다
머리가 굳고, 시대에 뒤떨어지고

황폐해지고, 퇴화하고

머리카락이 달아난다

치아도 도망치고

그래서 우리는

젊은 아가씨의 환심을 사려 애쓰는 대신

괴테의 책을 읽는다

그러나 끝나기 전에 한 번

나는 어린아이를 안고 싶다

맑은 눈에 곱슬머리 아이를

조심스럽게 안고

입과 가슴과 뺨에 입 맞추고

아이의 옷을 갈아입히고 싶다

그다음, 신의 이름으로

죽음이 나를 데려가기를 아멘

새로운 삶의 시작

대부분의 인생이 그렇듯, 내 인생에도 특별한 변화의 시점이 있다. 놀람, 암흑, 혼란, 외로움 그리고 처음 겪는 무감각과 공허함의 날이 있다. 그런 날 밤이면, 하늘에 새로운 별이 뜨고 우리 안에 새로운 눈이 뜬다.

그때 나는 얼어붙은 채, 내 청춘의 폐허 속을 걸었다. 무너진 생각과 엉뚱한 상상, 왜곡된 꿈들 위를 걸었고, 내가 보았던 것들은 먼지가 되어 살기를 그만두었다. 아는 사람이라는 것만으로도 나를 부끄럽게 했던 친구들이 나를 지나쳐갔고, 내가 엊그제 했던 생각들이 나를 빤히 보았다. 마치 100년이 지난 것처럼, 내 소유였던 적이 없었던 것처럼, 아주 멀어지고 낯설어졌다. 모든 것이 나를 떠났고, 나는 곧 거대한 공허와 정적에 휩싸였다. 내 곁에는 아무도, 아무것도 없었다. 사랑도 이웃도 없었다. 나의 인생이 격한 구역질처럼 내 안에서 솟아올랐다. 술잔이 흘러넘치고, 모든 제단이 더럽혀지고, 모든 달콤함에 신물이 나고,

극복해야 할 장애물도 모두 넘은 것 같았다. 모든 순수의 빛이 암흑을 맞았고, 모든 아름다움의 여운이 왜곡되고 짓밟힌 것 같았다. 내게는 그리워할 것이 남지 않았고, 숭배할 것도 증오할 것도 남지 않았다. 내 안에 남아 있던 신성함과 온전함과 화해는 눈과 목소리를 잃었다. 내 삶의 모든 경비대는 잠들었다. 모든 다리가 끊어졌고, 아득한 옛날은 푸르름을 빼앗겼다.

매혹적이고 사랑스러운 모든 것이 그렇게 나를 떠났고, 나는 난파된 유령선처럼 산산조각이 나고 말할 수 없이 지친 정신으로 가련한 나의 의식을 애써 깨우고, 마치 밤에 작별 인사도 없이 문을 잠그지도 않은 채 집을 떠나라는 명령을 받은 사람처럼, 눈을 내리깔고 무거운 팔다리로 겨우 일어나 익숙했던 모든 과거를 방황했다.

외로움의 밑바닥을 보았던 자 누구인가? 포기의 땅을 안다고 말할 수 있는 자 누구인가? 심연을 내려다보았을 때 내 눈은 어지러웠고, 심연은 끝도 없이 깊었다. 나는 지친 무릎이 아플 때까지 포기의 땅을 방황했고, 길은 여전히 지치지 않는 영원함으로 내 앞에 뻗어 있었다. 내 위의 적막한 슬픔의 밤이 위로하듯 나를 끌어안고 잠들었다. 졸음과 꿈이 고향으로 돌아온 친구들처럼 내게 다가와 내 어깨의 무거운 짐을 받아주었다.

난파선처럼 산산이 부서졌을 때, 가까워지는 육지와 당신을 구하러 헤엄쳐 오는 사람을 본 적이 있는가? 죽을병에 걸렸고, 신선한 정원 공기의 첫 모금을 마시며 병이 회복되는 걸 느끼고, 새로워지는 피의 달콤한 소용돌이를 느껴본 적이 있는가? 그날 밤 불가사의한 존재들이 친절하게 내게 허리 숙여 인사했고, 나는 구원받은 사람처럼, 병에서 회복된 사람처럼 감사와 안심, 빛과 평온의 소용돌이를 느꼈다.

하늘이 예전과 달라 보였다. 별들이 돌아와 나의 가장 깊은 삶과 운명의 친구로 동맹을 맺었고, 영원함과 내 안의 무언가가 영원한 법칙으로 명확하고 유익하게 연결되었다. 나는 사막 같은 내 삶이 황금 기초 위에 놓인 걸 깨달았고, 내 안에 있는 모든 옛것과 새로운 것이 장차 힘과 법칙에 따라 고귀한 보석으로 바뀌고 세상의 모든 것과 기적이 선의의 동맹을 맺으리라는 걸 확신하며 경이로움을 느꼈다.

새로운 삶이 시작된다. 나는 기적처럼 새사람이 되어,

조용하면서도 활기차게, 주기도 하고 받기도 하면서, 많은 것을 소유한다. 그러나 어쩌면 그중에서 무엇이 가장 귀한지는 아직 모르는 것 같다.

늦가을의 산책

가을비 잿빛 숲을 뒤덮고
아침 바람 추위에 떠는 계곡
딱딱한 알맹이를 떨어트리는 밤나무
벌어진 밤송이가 웃는다, 축축하게 갈색으로

가을이 내 삶을 헤집어놓았다
바람이 잎사귀를 찢고
가지를 흔들고 ─ 나의 열매는 어디로 갔는가?

나는 사랑을 꽃피웠고 그 열매는 고난이었다
나는 믿음을 꽃피웠고 그 열매는 증오였다
바람이 내 메마른 가지를 찢는다
나는 바람을 조롱하고, 폭풍에도 아직 끄떡없다

나의 열매는 무엇인가? 나의 목표는 무엇이란 말인가! ─
나는 꽃을 피웠다

꽃을 피우는 것이 나의 목표였다. 이제 나는 시들었다
시드는 것만이 나의 목표일 뿐, 그 외에는 아무것도 없다
마음에 담긴 목표들은 짧기만 하다

신은 내 안에서 살고, 내 안에서 죽고, 괴로워한다
내 가슴속에서, 그것이면 내 목표는 충분하다
길 혹은 미로, 꽃 혹은 열매
모두가 하나이고, 모두가 그저 이름일 뿐

아침 바람 추위에 떠는 계곡
밤나무에서 떨어진 딱딱한 알맹이
딱딱하고 환하게 웃는다. 나도 같이 웃는다.

시든 나뭇잎

모든 꽃은 열매가 되려 하고
모든 아침은 저녁이 되려 하고
세상에 영원한 것은 없다
변신도, 도망도

가장 아름다운 여름조차
언젠가 가을과 시듦을 느끼려 한다
나뭇잎을 움켜쥐리라, 끈질기게 조용히
바람이 너를 앗아가려 한다면

너는 네 할 일을 할 뿐, 방어하지 마라
일어날 일이 조용히 일어나게 하라
너를 부러뜨리는 바람이
너를 집으로 데려가게 하라.

노년기

노년기

노년기 역시 인생의 한 단계로, 다른 모든 인생 단계와 마찬가지로 고유한 표정과 분위기, 온도, 기쁨 그리고 결핍이 있다. 머리가 하얀 노인에게도, 젊은 사람들과 똑같이 자신의 존재에 의미를 부여할 고유한 과제가 있고, 이승에서 걸려온 전화조차 받기 힘들 만큼 저승에 가까이 다가간 죽어가는 사람과 병상에 누운 불치병 환자에게도 완수해야 할 중요한 과제와 필수적인 일이 있다. 모든 생명의 의미와 신성함에 경외심을 가졌다면 늙음은 젊음과 똑같이 아름답고 신성한 과제이고, 죽음을 배우고 마침내 죽는 것은 다른 모든 것과 똑같이 소중한 과제다. 늙음, 흰머리, 죽음이 가까이 있는 것을 싫어하고 두려워하는 노인은 자신이 살아내야 할 인생 단계의 존엄한 주인이 아니다. 그것은 젊고 힘센 사람이 자신의 직업과 일과를 싫어하고 그것에서 도망칠 궁리만 하는 것과 똑같다.

요컨대 노인으로서 삶의 의미를 채우고 자신의 과제를 충실히 이행하려면, 나이가 들수록 노화가 가져오는 모든 것을 이해해야 하고, 긍정해야 한다. 이런 긍정이 없으면, 자연의 요구에 순응하지 않으면, 늙었든 젊었든 우리의 나날은 가치와 의미를 잃게 되고, 우리는 결국 삶을 속이게 된다.

모두가 알다시피 노년은 힘겹고 그 끝에는 죽음이 있다. 나이가 들수록 희생하고 포기할 수 있어야 한다. 우리는 자신의 의미와 힘을 의심하는 법을 배워야 한다. 불과 얼마 전까지 잠깐 걸으면 끝인 짧은 산책로에 불과했던 길이 문득 길게 느껴지고 힘겨워지고, 언젠가 우리는 그 길을 더는 걸을 수 없게 된다. 그동안 즐겨 먹었던 음식을 포기해야만 한다. 육체적 쾌락과 기쁨이 점차 드물어지고, 그것을 위해 치러야 할 대가가 점점 커진다. 그다음 관절이 삐걱대고, 자주 아프고, 감각이 무뎌지고, 여기저기 고장 나고, 통증이 늘어나고, 잠 못 느는 두려운 밤이 더 자주 찾아온다. 이 모든 것이 우리의 부정할 수 없는 쓴 현실이다. 그러나 오로지 해체와 노화의 과정에만 몰두한 나머지, 노년에도 나름의 장점, 이점, 위로, 기쁨이 있음을 보지 못한다면, 정말로 가련하고 슬픈 일일 것이다. 예를 들어 노인 두 사람이 만나면 그들은 골치 아픈 통풍, 굳어가는 팔다리, 계단을 오를 때의 가쁜 숨에 관해서만 얘기하지 않는다. 그들은 고됨과 불편함만 서로 하소연하지 않고, 유쾌하고 위로를 주는 경험과 일화들도 얘기한다. 그리고 실제로 그런 경험과 일화가 아주 많다.

노년기의 이런 긍정적이고 아름다운 면을 잊지 않고, 젊은이들은 모르는 노인들만의 힘과 끈기와 기쁨의 원천을 내가 알고 있음을 기억하는 한, 굳이 종교와 교회의 위로를 말할 필요가 없을 테고, 나와 어울리지도 않는다. 그것은 성직자의 일이다. 나는 노년이 건네주는 몇몇 선물을 감사히 받고, 그 선물의 이름을 길게 나열할 수 있다. 노년에 받은 선물 중에서 내게 가장 소중한 것은 긴 인생 끝에 기억 속에 간직된 아름다운 추억의 장면, 그리고 활동이 줄면서 옛날 젊었을 때와 전혀 다른 용도로 사용하는 상상력이라는 보물이다. 60년, 70년이 지난 지금 더는 세상에 존재하지 않는 어린아이의 모습과 표정이 내 안에 여전히 살아 있고, 나와 공동체를 이루며, 생기 넘치는 맑은 눈으로 나를 본다. 세월과 함께 사라졌거나 완전히 변한 집, 정원,

도시를 나는 옛날 모습 그대로 고스란히 떠올리고, 수십 년 전 여행지에서 보았던 먼 나라의 산과 바다를 사진첩에서 선명하고 생생하게 다시 본다. 추억하기, 관찰하기, 성찰하기가 점점 더 연습과 습관이 되고, 관찰자의 기분과 자세가 무의식적으로 내 전체 태도에 스며든다. 수년, 수십 년에 걸쳐 몰아치고 조바심내고 긴장하고 기대에 차서, 만족 혹은 실망에 격하게 흥분하는 여느 젊은이들처럼, 노인들도 긴 인생길에 소망, 꿈, 욕망, 열정에 사로잡혔었다. 그리고 오늘 인생의 커다란 사진첩을 조심스럽게 넘기며, 그런 쫓김과 조바심에서 벗어나 활기찬 성찰에 도달하는 일이 얼마나 아름답고 좋은지 감탄한다.

늙은이의 정원에서 꽃들이 만개한다. 예전에는 거의 눈에 띄지도 않았고 그래서 돌볼 생각조차 하지 못했던 꽃들이 피어난다. 인내의 꽃과 교양의 풀이 만개하고, 나는 더 초연해지고, 더 신중해지고, 행동과 이행의 욕구가 줄어들수록 자연과 타인의 삶을 비판 없이 관찰하고 경청하는 능력이 자란다. 나를 지나쳐 가는 다양한 일들을 때로는 연민과 침묵으로, 때로는 환한 웃음과 기쁨과 유머로 언제나 새롭게 감탄하며 흘려보내는 능력이 자란다.

얼마 전에 나는 정원에서 불을 지피고 낙엽과 잔가지들

을 태웠다. 그때 여든 살쯤 되어 보이는 할머니가 정원 울타리 옆을 지나다 걸음을 멈추고 나를 빤히 보았다. 나는 인사를 건넸고 할머니도 내게 웃으며 말했다. "불을 아주 잘 다루시네요. 우리 나이에는 그렇게 서서히 지옥과 친해져야 하죠." 그렇게 대화 주제가 열렸고, 우리는 온갖 힘든 일과 결핍을 서로 불평했지만, 언제나 농담과 유쾌함의 어조였다. 그리고 대화 마지막에 우리는 이 모든 일에도 불구하고 사실 우리가 그렇게 끔찍하게 늙지 않았다는 것에 의견이 일치했다. 우리 마을의 최고령자인 100세 노인이 아직 살아 있는 한, 우리는 아직 진짜 노인이 아니라고 합의했다.

나보다 힘이 더 세고 더 무지한 젊은이들이 내 힘든 걸음걸이와 흰머리와 쭈글쭈글한 목을 뒤에서 흉보며 웃으면, 나는 그들과 똑같이 힘이 세고 무지했던 시절에 똑같이 노인을 보며 웃었던 때를 떠올리고, 늙었다는 열등감과 패배감은커녕 오히려 나이가 들수록 더욱 성장하고 조금 더 현명해지고 참을성이 많아진 것에 기뻐한다.

노년기에는 고난도 많지만 축복도 많은데, 그중 하나가 바로 문제와 고통 사이에서 두터워지는, 망각과 피로와 체념이라는 보호막이다. 언뜻 보기에 그것이 나태함, 무딤, 추한 무관심일 수 있지만, 그 순간을 조금만 다르게 조명하면 평온, 인내, 유머, 지혜이자 도교의 무위일 수도 있다.

늙어가는 때에

젊게 살고 선한 일을 하기는 쉽고
나쁜 일을 멀리하기는 더욱 쉽다
그러나 심장박동이 서서히 약해졌을 때 미소 짓기
그것은 배워야 한다

그리고 그것을 배운 사람은 늙지 않고
여전히 불빛 속에 환하게 서서
세상의 양극단을
맨손으로 세차게 접어버린다

저기 죽음이 기다리고 있다 해서
멈춰 서지 말자
우리는 죽음을 향해 가리라
우리는 죽음을 쫓아내리라

죽음은 저기에도 여기에도 없다

죽음은 모든 길에 있다

죽음은 당신 안에 있고 내 안에 있다

우리가 삶을 배반하자마자

고백

자애로운 빛이여, 그대의 장난에
기꺼이 항복하는 나를 보라
다른 이들은 목적, 목표가 있고
나는 사는 것이면 족하다

비유가 내게 모든 걸 비춰준다
내 감각에 닿았던 것
무한하면서 유일한 것
내가 항상 생생하게 느꼈던 것

그런 비유를 읽는 한
내 삶은 늘 의미 있으리
영원, 존재
내 안에 있음을 나는 알기에

예순 번째 생일

노인들은 젊은이에게 지혜의 충고를 주는 것 말고는 할 수 있는 일이 없으니, 나 역시 그대에게 윙크를 곁들인 충고를 보낸다. 그렇게 하기에 예순 번째 생일만큼 딱 맞는 순간도 없을 테니까. 이 나이가 되면 사나이의 자부심과 젊음의 집착을 포기하고, 지금까지 지휘해왔던 삶도 어느 정도 더 부드럽고 조심스럽게 대하기 시작해야 한다. 약자와 병자에게 세심함과 자상함을 보여야 할 때기도 하다. 약자와 병자에게 더는 험상궂은 얼굴을 하지 말고, 잠잠히 있으라 강요하지 말고, 오히려 조금 더 양보하고 친절을 베풀라 그리고 의사와 약의 도움으로 또는 더 많은 휴식과 요양과 쉼으로 자기 몸을 돌볼 수 있게 하고, 그들이 마땅히 받아야 할 공경을 보여야 한다. 그들은 가장 큰 힘의 전령으로 지상에 머물고 있기 때문이다.

사실, 노화 그 자체는 자연스러운 과정이고, 65세 혹은 75세에 더 젊어지려 애쓰지 않는 한, 노년기 역시 청년기나 중년기와 똑같이 아주 건강하고 평범한 삶이다. 그러나 애석하게도 인간은 자신의 진짜 나이와 늘 같은 높이에 있지 못하고, 이따금 미리 서둘러 앞서가거나 더 자주 뒤처져 머문다. 그러면 마음과 정신은 육체보다 덜 성숙해 자연스러운 노화 현상에 저항하고, 불가능한 일을 자신에게 강요한다.

노화

노화란 이런 것이다: 한때 기쁨이었던 것이
시련이 되고, 샘은 더 탁해지고
통증마저도 고유한 맛을 잃는다 —
스스로 위로한다: 곧 모두 끝나리라고

한때 아주 강하게 맞서 저항했던 모든 것:
속박과 짐, 부과된 의무가
피난처와 위안으로 바뀐다:
아직은 하루의 의무를 다하고 싶다

그러나 이런 평범한 위로도 오래 가지 못한다
영혼은 힘찬 날갯짓에 목마르다
영혼은 자아와 시간보다 한참 뒤늦게 죽음을 알고
허겁지겁 탐욕스럽게 죽음을 들이킨다

첫눈

늙었구나 너, 푸르렀던 세월
벌써 메마른 눈으로 세상을 보고, 벌써 머리에 눈이 내
렸고
벌써 피곤하게 걷고, 발걸음에 죽음이 있구나 ―
나는 너와 동행했고, 함께 죽어간다

심장이 머뭇대며 두려운 그 길을 간다
겨울 씨앗이 눈을 덮고 두려움에 떨며 잠든다
바람은 벌써 얼마나 많은 나의 가지들을 꺾었던가!
이제 그 흉터가 나의 방패다
얼마나 많은 혹독한 죽음을 나는 이미 죽었던가!
모든 죽음은 새로운 탄생으로 보상받았다

어서 오라, 죽음이여, 너 어둠의 문!
그 너머로 삶의 합창이 맑게 울려퍼진다

몇 개의 생명이 남았을까?

생명력이 있었고 젊음이 빛났던 청소년 시절에도 그의 인생 양초는 양 끝이 동시에 불탔었다. 한쪽에서는 재빨리 타올랐다 허무하게 사라지는, 금세 환호했다가 곧 울먹이는 감정이 타들어갔고, 다른 한쪽에서는 잔을 완전히 비우려는 필사적 욕망과 종말에 대한 깊고 은밀한 두려움이 불탔다. 그는 이미 종종 그렇게 살았고, 자주 잔을 완전히 비웠고, 자주 활활 타올랐다. 때로는 그 끝이 의식을 잃은 깊은 겨울잠처럼 부드러웠고, 때로는 무의미한 퇴화, 견딜 수 없는 통증, 의사들, 슬픈 포기, 쇠약함의 개선행렬이 끔찍했다. 그러나 이따금 활활 타오른 이글거림의 끝은 더 아프고 더 슬프고 더 파괴적이었다. 그러나 언제나 그 불꽃은 살아남아, 여러 주 혹은 여러 달의 고통 혹은 마비 뒤에 새로운 불꽃, 새로운 내면의 불, 더 이글거리는 새로운 작품, 더 빛나는 활기, 부활을 가져왔다. 그렇게 고통과 실패의 시간, 괴로운 시간들은 잊혔고 가라앉았다. 그럭저럭 괜찮았다. …… 수천 가지 일들이 기다렸고, 비워지길 기다리는 수천 잔의 술이 있었다! 그리지 말았어야 하는 그림은 세상에 없다! 사랑하지 말았어야 하는 여인은 세상에 없다! 그런데 시간은 왜 존재할까? 왜 언제나 어리석은 일들만 연달아 생기고, 흥분되고 만족스러운 일은 없을까? 왜 그는 이제 다시 홀아비처럼, 늙은이처럼 혼자 침대에 누웠을까? 아주 짧은 삶을 온전히 누릴 수 있었고 해낼 수 있었지만, 언제나 독창을 불렀을 뿐, 수많은 합창과 악기들의 심포니는 함께하지 않았다.

오래전에 그가 열두 살 때, 그에게는 생명이 열 개 있었다. 산적놀이를 할 때, 모든 산적에게는 생명이 열 개 있었고, 추격자의 손이나 창에 닿을 때마다 생명을 하나씩 잃었다. 여섯 개, 세 개, 단 하나의 생명으로도 여전히 추격자를 따돌리고 도망칠 수 있었고, 열 번째 생명을 잃을 때 비로소 모든 것을 잃었다. 그러나 그는 생명 열 개를 모두 지킨 채 승리하는 것에 명예를 걸었다. 그래서 어쩌다 아홉 개나 일곱 개로 승리하면 수치로 여겼다. 어렸을 때, 믿기 어려울 정도로 아름다웠던 시절에, 세상에 불가능한 일이 하나도 없었고 어려움이 전혀 없었고 모두가 사랑하고 모두에게 명령하고 모두가 복종했던 시절에, 그는 그랬다. 그렇게 그는 계속 살았고 언제나 생명 열 개로 살았다. 그리고 설령 만족스럽지 못하고 화려한 심포니에 결코 도달할 수 없었더라도 그의 독창은 단조롭거나 빈약하지 않았다. 언제나 다른 사람보다 현악기 반주가 더 많았고, 불에 녹일 쇠가 더 많았고, 자루에 몇 탈러[16세기부터 수백년 동안 유럽에서 쓰였던 은화]가 더 많이 들었고, 마차를 끄는 말이 더 많았다! 감사하게도! ……

짧은 여름밤이 뜨겁게 녹아내렸고, 푸르른 깊은 계곡에서 수증기가 솟아올랐고, 수십만 그루의 나무에서 수액이 끓었다. 그의 선잠에서 수십만 꿈들이 피어올랐고, 그의 영혼은 그의 인생을 보여주는 거울의 방을 거닐었다. 그곳에서는 주사위 컵 안에서 별밤이 마구 흔들리며 섞이듯 모든 장면이 여럿으로 반사되고, 매번 새로운 얼굴과 새로운 의미가 서로 마주하고 새로운 연결이 맺어졌다.

황금빛 저녁이었다. 낮의 빛이 여전히 곳곳을 밝히고 있었지만 하얀 달이 벌써 하늘에 있었고, 첫 번째 박쥐가 반짝이는 푸른 공기 속을 헤엄치고 있었다. 숲 가장자리가 온화하게 마지막 빛 속에 서 있었고, 밤나무 줄기가 검은 그림자 앞에 밝게 서 있었고, 노란 오두막이 낮에 빨아들인 한낮의 빛으로 노란 황옥처럼 조용히 은은하게 빛났다. 작은 오솔길들이 다홍색과 보라색으로 초원, 덩굴, 숲을 통과했다. 여기저기에 벌써 노란 아카시아 가지들이 보이고, 서쪽 하늘은 푸른 벨벳 산 위로 황금빛과 초록빛을 뿌렸다.

오, 아직 일할 수 있다. 다시 오지 않을 농익은 여름날의 마지막 마법의 15분! 지금 이 모든 것이 얼마나 아름다운가! 얼마나 고요하고 좋고 자비로운가! 얼마나 신성한가! 그는 시원한 풀밭에 앉아 기계적으로 연필을 잡았다가 이내 싱긋 웃으며 손을 다시 떨구었다. 죽을 것처럼 피로했다. 그의 손가락이 마른 풀을, 메마른 흙을 어루만졌다. 사랑을 불러일으키는 이 놀이는 얼마나 더 있어야 끝날까! 얼마나 더 있어야 손과 입과 눈에 흙을 가득 담게 될까!

열 개 생명 중에 몇 개가 아직 남았을까? 셋? 둘? 여전히 한 개 이상이고, 순하고 평범한 보통 시민들보다 여전히 더 많을까? 그는 많은 걸 이루었고, 많이 보았고, 종이와 캔버스에 원 없이 그렸고, 사랑과 증오로 수많은 심장을 자극했고, 인생과 예술로 수많은 분노와 신선한 바람을 세상에 일으켰다. 그는 많은 여인을 사랑했고, 전통과 신성함을 파괴했고, 새로운 일을 단행했다. 가득 찬 잔을 수없이 비웠고, 여러 날과 별밤을 숨 쉬었고, 수많은 태양 아래에서 살갗을 태웠고, 수많은 물에서 헤엄쳤다. 그는 이

탈리아, 인도 혹은 중국에서 여름을 보냈고, 이제 여기 앉아 있다. 여름 바람은 밤나무 꼭대기를 변덕스럽게 흔들고, 세상은 선하고 완벽했다. 그가 그림을 수백 개 혹은 열 개 더 그리든, 여름을 스무 번 혹은 한 번만 더 살든 상관없었다. 그저 피로했고 피곤했다. 모든 것은 죽는다. 모든 것이 기꺼이 죽는다.

집으로 돌아갈 시간이다. 그는 비틀비틀 방으로 들어갈 테고, 바람이 발코니 문으로 그를 맞이하리라. 그는 불을 켤 테고 스케치를 펼쳐보리라. 아마도 노랗고 푸르른 숲의 속내가 맘에 들 테고, 언젠가 그림으로 완성되리라. 자, 돌아갈 시간이 되었다.

그럼에도 그는 가만히 앉아 있었고, 펄럭이는 얼룩진 리넨 재킷과 머리카락에 바람이 머물렀고 미소와 아픔이 저무는 심장에 머물렀다. 바람이 부드럽게 느리게 불었고, 박쥐들이 사라지는 하늘에서 부드럽게 소리 없이 비틀거렸다. 모든 것이 죽는다. 모든 것이 기꺼이 죽는다. 오로지 영원한 어머니만 남는다.

안개 속에서

안개 속을 걷는다, 기이하다!
모든 덤불과 바위, 외롭다
나무는 다른 나무를 보지 못하고
모두가 혼자다

세상은 친구들로 가득했었지
나의 삶이 아직 환했을 때
이제 안개가 내려앉고
아무도 보이지 않는다

진실로, 어둠을 알지 못하는 자
아무도 현명하지 않다
피할 수 없이 조용히
모두를 모두와 떼어놓는 어둠

안개 속을 걷는다, 기이하다!

인생, 외롭다
사람은 다른 사람을 알지 못하고
모두가 혼자다

제자의 보고

스승님은 벌써 며칠째 아무 말 없이 누워만 있다

나는 모른다, 혹 통증과 싸우는지

혹 생각과 싸우는지 내가 뭔가를 말하면

듣지 않는다 그러나 내가 앉아서 노래하면

황홀경에 빠진 듯 눈을 감고 귀 기울여 듣는다

어떤 땐 최고의 현자

어떤 땐 노랫소리에 행복해진 어린아이

그러나 언제나 중도의 법칙에 충실하다

스승님은 때때로 굳은 손을 펼쳐본다

연필을 쥐고 쓰는 시늉을 해본다

그러곤 다시 문 쪽으로 돌아눕고

말할 수 없이 사랑스러운 눈빛으로 문을 바라보고

마치 천사의 날갯짓 소리를 듣는 듯

열려 있는 천국의 문을 보는 듯

먼 고향 언덕에

예전처럼 아침 실바람이 나무 위로 부는 듯

나는 종종 겁이 난다. 마치 내가 대신 아픈 것처럼

내가 백발이고 기운이 없고 늙은 것처럼

그리고 아침 담벼락에 그려놓은

얇은 종이 그림자처럼

그러나 스승님은 현실에

존재에, 현존에 온전히 잠겼고 풍요롭다

나는 사라져도 그는 환하게 전능하게

세상 멀리 하늘을 가득 채우리

존엄하게 늙기

인간의 존엄성을 지키며 늙고, 각각의 나이에 맞는 태도나 지혜를 갖기는 상당히 어렵다. 대부분은 영혼이 신체보다 앞서거나 뒤처진다. 이 둘을 나란하게 고치려면 내면에 자리한 노화의 두려움, 각각의 인생 단계와 아플 때 엄습하는 뿌리 깊은 죽음의 공포를 털어내야 한다. 내 생각에 우리는 노화와 죽음 앞에서 한없이 작아져도 괜찮다. 삶의 어려움 앞에서 연약함을 보이고 울음을 터뜨린 후, 불균형을 다시 잘 바로 잡는 어린아이들처럼.

우리는 유한한 운명을 타고났고 피할 수 없다. 그것을 잘 알면서도 선택과 자유 의지의 환상에 열렬히 집착하지 않는가? 모두가 자기 병을 고칠 의사를 선택하고, 직업과 거주지, 애인과 배우자를 자유롭게 선택하지 않는가? 모든 것을 순전히 우연에 맞기더라도 똑같이 좋고 어쩌면 더 성공적일 수 있음에도 우리는 선택하지 않는가? 그럼에도 모든 일에 열정, 노력, 고민을 열심히 쏟지 않는가? 어쩌면 우리는 순진한 어린아이처럼 여전히 열정을 가지고, 자신의 힘을 믿고, 운명을 바꿀 수 있다는 확신으로 그렇게 하는 것이리라. 혹은 어쩌면 운명을 바꿀 수 없다고 생각하고 노력해봐야 소용없음을 잘 알면서도, 수동적이고 무기력하게 마비되는 것보다는 스스로 선택하고 노력하고 고민하는 쪽이 더 아름답고 활기차고 적어도 더 즐겁다고 확신해서 그렇게 하는 것이리라.

양손을 늘어뜨리고 가만히 있어선 안 된다
가다 말고 중간에 멈춰서는 안 된다
낮에 포도주를 마시고 싶다면
늦지 않게 지하창고로 가야만 한다

고령기

노년과 고령 사이에는 독특한 무언가가 있다. 적어도 나는 그러했다. 이를테면 나보다 나이가 적은 지인이나 동료가 갑자기 60세 혹은 70세가 되고, 심혈관질환을 앓고, 건강상의 이유로 담배를 끊을 수밖에 없게 되고, 명예의사, 명예대표, 명예시민 등 소개말에 '명예'라는 말이 붙고, 여타 다양한 노화 현상을 보이면 나는 깜짝 놀란다. 그리고 그동안 친절하고 온화하고 젊음의 장난기를 잃지 않았던 사람이 갑자기 어른들 틈에, 존중받는 고령자들 사이에 앉게 되고, 회색 혹은 새하얀 머리카락, 명예직과 훈장으로 치장해 고령에 다다랐음을 알리면, 약간 충격을 받는다. 나는 무의식적으로 혹은 노인의 고집과 완고함으로, 나보다 젊은 동료들이 젊은이로 남아 있기를 기대했었다. 그렇다. 그들이 젊은이로 남아 있으면 나는 영원히 젊은이들과 접촉하며 살게 될 테니까.

이런 첫 번째 작은 충격이 지나가면, 나보다 젊은 동료가 나와 나란해지려는 것을 일종의 대담함이나 오만함으로 보지 않고, 오히려 그조차 늙는 것에 연민을 느끼기 시작한다. 말하자면 나보다 젊은 동료가 노인이 되었다는 사실은 되돌릴 수 없이 입증되었으므로, 나는 노인의 고집과 완고함으로 즉시 그와 나 사이에 거리를 둔다. 그렇게 하면 노인의 망상으로 나는 그가 고령의 노화 현상, 고난과 명예, 기념일, 새로움의 빛, 첫 경험의 중요성, 고희연(古稀宴)에서도, 방금 견진성사를 받았거나 대입시험을 치렀을 때와 어느 정도 비슷한 기분을 느낀다고 상상할 수 있기 때문이다. 그는 새로운 단계에 도달해 새로운 공간에 들어서는 것이다. 우울감이 축제 분위기와 기분 좋게 섞이고, 어쩌면 사슴 등심과 부르고뉴 샴페인이 있는 잔칫상이 있을지도 모른다. 고령에 이르는 데 성공한 행운의 주인공은 이 모든 것을 진지하게 받아들이고, 연방의회나 시의회 의장의 연설을 귀 기울여 듣고, 옛날의 신나는 축제와 풍성함을 돌이켜 생각한다. 내가 흡족하게 재확인하듯이 그는 역시 우리 고령자와 비교하면 아직은 더 젊고 초보자다. 우리 고령자들은 이런 자만과 허영을 넘어 죽음이라는 냉정한 이웃과 더불어 현명하게 살고 존엄하게 포기한다고 착각한다. 그렇기에 고령자와 노령자의 차이가 얼마나 적고, 우리 고령자들이 최고 수준에 있다고 어리석게도 굳게 믿는 노년의 지혜가, 환상과 허영심에 불과함을 밝은 눈으로 보고 선명하게 깨닫는 일은 아주 드물다. 그리고 이런 아주 드문 깨달음의 순간에 우리는 또한 알게 된다. 우리가 어린아이 혹은 소년 혹은 청년일 때, 노령자와 고령자를 어떻게 생각했고 얼마나 조롱했었는지. 그리고 그런 조롱이 수십 년 뒤에 우리가 느끼는 것만큼 그렇게 어리석고 멍청하지 않았음을. 그렇다. 고령자의 유일한 지혜는 다시 어린아이로 돌아가는 데 있다.

나는 나보다 더 젊은 주변 동료들의 60세, 70세, 혹은 75세 생일 소식을 들으면, 대개 이와 비슷한 종류의 상상을 한다. 이런 상상은 빠르게 흐르는 세월과 삶의 허약함이 느껴질 때마다 우리 늙은이들을 덮치는 불쾌감을 유머로 없애보려는 시도다. 우리 같은 예술가들이 반쪽 영혼으로는 삶의 빠른 변화와 짧은 생애와 순간을 가장 사랑하고 감탄하면서, 다른 절반의 영혼으로는 지속성, 멈춤, 영원을 추구하고, 유한한 것을 무한하게 하고, 흐르고 변하는 것을 변치 않는 고체로 굳히고, 순간을 움켜쥐는 것 같은 불가능한 일을 하려 애쓰도록 부추기는 깊은 갈망을 짊어져야 하는 것은, 인생의 비극적 측면이 빈번하게 그리고 쉽게 희극으로 가려지는 인생의 모순 중 하나다. 고령의 현자는 모든 행위를 멈추는 성찰적 포기로 시간을 극복하고자 하고, 고령의 예술가는 반대로 최고의 행위로 영원한 보존에 공헌하고자 한다.

어찌나 빠르던가!

나 아직 어린아이였을 때

매끄러운 피부로 크게 웃었다네

이제 나는 벌써 늙은이가 되어

헛되이 주름만 늘었고

충혈된 눈으로 멍하니 보며

꼿꼿이 서서 걷지도 못하네

오, 어찌 이리도 빨리 시드는가:

어제는 붉었고, 오늘은 어리석고 내일모레면 죽는다!

애인이 나를 배신하지 않았더라면

아내가 나를 떠나지 않았더라면

나는 여전히 노래하며 골목길을 걷고

여전히 기쁘게 침대에 누울 텐데

그러나 여인들이 그대를 그냥 세워둔다면

그러면 젊은 친구여, 패배를 인정하게

위스키를 준비하고, 귀를 쫑긋 세우게

물러남과 몰락의 시간이라네

봄의 언어

아이들은 모두 안다, 봄이 말하는 것을:
살아라, 자라라, 꽃을 피워라, 희망해라, 사랑해라
기뻐하며 새로운 힘을 내라
온전히 몰두하고 삶을 두려워 마라!

노인들은 모두 안다, 봄이 말하는 것을:
늙은이여, 순순히 땅에 묻혀라
맑은 소년에게 너의 자리를 내주어라
온전히 몰두하고 죽어감을 두려워 마라!

활동과 휴식의 조화

봄은 노인들에게 좋은 계절이 아니다. 봄은 내게도 가혹하고 거칠다. 의사가 주는 약과 주사는 도움도 안 되고 효과도 거의 없어서 통증이 들판의 꽃처럼 눈에 띄게 높이 자랐고, 밤들은 여전히 버텨내기 힘들다. 그럼에도 나는 아주 짧지만 대단히 아름다운 순간을 거의 매일 누린다. 밖에 나가 봄의 기적을 만끽하며 망각의 축복을 누리는 시간, 할 수만 있다면 붙잡아두고 싶은 감탄과 깨달음의 순간들, 할 수만 있다면 글이나 그림으로 묘사해 남들에게도 알리고 싶은 귀한 순간들이 거의 매일 있다. 그런 순간들, 생성과 소멸의 자연 과정이 우리에게 다가와 말을 걸고 우리의 정체를 드러내는 그런 순간들의 경험은 느닷없이 와서 몇 초 혹은 몇 분을 머물고, 그러면 우리 고령자에게는 기나긴 인생과 세월 동안 경험했던 기쁨과 아픔, 사랑과 깨달음, 우정, 사랑, 책, 음악, 여행, 일들이, 마치 신이 풍경 하나, 나무 한 그루, 얼굴 하나, 꽃 한 송이로 우리에게 모든 존재와 현상의 의미와 가치를 보여주는 이때의 짧은 순간에 도달하기 위한 긴 우회로에 불과했던 것처럼 보인다. 그리고 실제로 우리도 젊었을 때는 아마 피어나는 꽃, 구름의 행진, 천둥 번개의 순간을 더 격렬하고 강렬하게 경험했을 터이다. 그것은 내가 말한 짧은 깨달음의 순간을 위해 필요하고, 고령에도 똑같이 겪는 사건, 경험, 생각, 감정, 고난의 무한한 총합에 필요하며, 살고자 하는 욕망을 어느 정도 누그러뜨리고 쇠약함을 받아들이고 죽음이 가까이 왔음을 알아 자연의 짧은 계시에서 신과 영성과 신비를 보고 대립의 붕괴와 커다란 조화를 깨닫는 데 필요하다. 물론 젊은이도 그것을 경험할 수 있지만, 우리 고령자보다 더 드물고, 감정과 생각, 감각적 경험과 정신적 경험, 흥분과 의식의 조화 없이 경험한다.

고령자에게 거칠고 가혹한 봄, 아직 장대비와 천둥 번개가 퍼붓기 전에, 나는 더 자주 포도밭에 머물렀고, 아직 쟁기질이 안 된 밭 한 귀퉁이에서 모닥불을 지폈다. 울타리처럼 포도밭 주변에 둘러선 산사나무 사이에서 몇 년 전부터 너도밤나무 한 그루가 자랐다. 숲에서 날아온 씨들이 싹을 틔웠는데, 처음에는 작은 관목이었던 탓에 나는 여러 해를 그냥 지나쳤다. 산사나무 사이에서 혼자 튀는 것이 거슬렸지만 약간 성가셔하며 그냥 내버려두었다. 그리고 끈질기게 살아남은 이 작은 겨울 관목은 마침내 아주 멋지게 가지를 뻗었고, 나는 이 나무를 영구적으로 받아들였으며, 이제 제법 굵은 어린나무로 자라 지금은 내게 두 배로 사랑을 받는다. 내가 가장 좋아하는 아주 오래된 너도밤나무가 바로 옆 숲에 있었는데, 그것이 얼마 전에 베어져 거대하고 무거운 몸통이 톱질이 되어 여전히 저 너머에 토막토막 길쭉한 북처럼 누워 있다. 나의 어린 너도밤나무는 분명 그 나무의 새끼들 가운데 하나이리라.

그 사실이 항상 나를 기쁘게 했고, 끈질기게 잎사귀를 붙잡고 있는 나의 어린 너도밤나무는 언제나 내게 깊은 감명을 준다. 모두가 벌거벗은 지 오래일 때도 그 나무만은 시든 나뭇잎 드레스를 끈질기게 입고 있다. 12월, 1월, 2월에도 여전히. 강풍이 휩쓸고 눈이 내리고 다시 눈이 녹아 흘러도 나의 어린나무는, 처음에 암갈색이다가 점점 옅어지고 얇아지고 약해지는 메마른 나뭇잎을 절대 떠나보내지 않는다. 그것들은 가지에 남아 어린 잎눈을 보호해야 하니까. 그래서 매년 봄마다 나의 나무는 기대했던 것보다 매번 더 늦게 옷을 갈아입는다. 늙은 나뭇잎이 떨어지고, 축축하게 젖어 날아간 오래된 나뭇잎 대신에 그 자리에 보드라운 새 잎눈이 나타난다. 올해 나는 그 변화를 직접 목격했다. 비가 내리고 풍경이 신선한 연두색으로 바뀐 직후였다. 4월 중순, 한 시간의 오후 산책. 아직 뻐꾸기 소리를 듣지 못했고, 들판에서 수선화를 발견하지 못하던 때였다. 며칠 전까지만 해도 나는 여기서 강한 북풍을 맞으며 추위에 떨며 옷깃을 여몄고, 나의 어린 너도밤나무가 나처럼 가혹한 바람을 맞으며 서서 나뭇잎 하나조차 떨어트리지 않는 모습을 보며 감명을 받았다. 너도밤나무는 끈질기게 용감하게 강하고 고집스럽게 자신의 빛바랜 늙은 나뭇잎을 부여잡고 있었다.

그리고 바로 오늘, 바람 한 점 없이 조용히 타오르는 모닥불의 온화한 온기 속에서 장작을 옮기다가 그 장면을 보았다. 부드러운 잔잔한 바람이 입김처럼 스치는 그 잠깐의 순간에, 숨 한 번 내쉬는 짧은 순간에, 그토록 오랫동안 수백 번 수천 번 불어대는 바람에도 끈질기게 붙어 있던 나뭇잎들이 홀연히 날아갔다. 힘겨운 끈기와 고집과 용맹에 지친 듯, 소리 없이 가볍게 기꺼이 저 멀리 날아갔다. 대여섯 달을 부여잡고 저항했던 나뭇잎들이 불과 몇 분 만에, 아무것도 아닌 것에, 입김 같은 바람 한 자락에 힘없이 바닥에 스르륵 떨어졌다. 때가 되었으므로, 힘겨운 끈기가 더는 필요치 않았으므로. 나뭇잎들이 어른스럽게 웃으며 순순히 솟구쳐 멀리 흩날렸다. 그러나 가볍고 얇은 작은 잎들을 멀리까지 보내기에는 바람이 너무 약했다. 흩날리던 나뭇잎들은 비처럼 다시 조용히 아래로 내려와 나무 아래의 흙길과 풀들을 덮었고, 몇몇 잎눈이 벌써 고개를 내밀어 나뭇가지가 초록색으로 변했다.

이런 놀랍고 감동적인 공연이 내게 전달한 계시는 무엇이었을까? 죽음이었을까? 기꺼이 임무를 완수하는 늙은 잎의 죽음? 아니면 삶이었을까? 갑자기 깨어나 공간을 차지한 잎눈의 힘찬 환희와 젊음이었을까? 나는 슬펐을까, 기뻤을까? 늙은 내게 보내는 경고였을까? 나뭇가지에서 떨어져 흩날리라는 재촉, 혹은 내가 어쩌면 젊은이와 더 강한 이들의 공간을 빼앗아 차지하고 있다는 경고였을까? 아니면 나무가 나뭇잎을 붙잡고 있듯이, 최대한 오래 끈질기게 버티고 서 있으라는 호소였을까? 꿋꿋이 버티고 서서 방어하라고. 그래야 올바른 순간에 가볍고 경쾌하게 나뭇가지를 떠날 수 있을 테니까? 아니다. 모든 현상이 그렇듯 위대함과 영원함, 대립의 붕괴, 현실의 불에서 하나로 합쳐지는 일치가 눈에 보인 것일 뿐. 그것은 아무것도 의미하지 않았고, 아무것도 경고하지 않았다. 오히려 그것은 모든 것을 의미했고, 존재의 비밀을 보여주었고, 아름다웠고, 행복했고, 소중한 선물이었다. 바흐의 음악을 듣고 세잔의 그림을 볼 때처럼, 보고 듣는 사람이 발견해내는 것이었다. 그것의 정체와 의미는 경험의 순간이 아니라, 나중에야 비로소 왔다. 경험의 순간은 그저 현상, 기적, 비밀이었고, 아름다운 만큼 진지했고, 사랑스러운 만큼 견딜 수 없이 아팠다. ─

그사이 세상이 온통 초록으로 변했다. 부활절 일요일에 첫 번째 뻐꾸기 소리가 숲에서 들려온 뒤에, 후텁지근하고 변덕스러운 바람을 동반한 천둥 번개의 날들에, 봄을 떠나 여름으로 갈 준비가 한창일 때, 같은 장소에서, 산사나무 울타리와 너도밤나무 근처에서 놀라운 광경이 내게 큰 비밀을 말해주었다. 구름이 빽빽이 들어찬 하늘임에도 쨍쨍한 햇볕이 계속해서 계곡의 초록색으로 쏟아졌을 때, 거대한 구름 공연이 펼쳐졌다. 바람이 사방에서 동시에 불어오는 것 같았지만 남쪽에서 북쪽으로 더 많이 불었고, 불길함과 열정이 대기에 팽팽한 긴장감을 뿌렸다. 공연 한복판에 나무 한 그루가 서 있었다. 이웃집 정원의 어리고 예쁜 나무. 방금 잎이 난 미루나무가 갑자기 내 시야로 밀고

들어왔다. 로켓처럼 높이 솟은 뾰족한 꼭대기가 바람에 이리저리 유연하게 흔들렸고, 바람이 멈춘 짧은 순간에는 꼼짝하지 않고 측백나무처럼 꼿꼿이 있다가 바람이 세질수록 가볍게 빗질 된 듯 가지런히 수없이 뻗은 얇은 나뭇가지들이 내게 손짓하는 듯했다. 거룩한 꼭대기에서 쾌활한 초록 젊음을 빛내며 양팔 저울처럼 이리저리 흔들리다가도, 장난치듯 갑자기 우뚝 멈춰 서서 시치미를 뗀다. (한참 뒤에야 알아차렸는데, 나는 이미 수십 년 전에 복숭아 나뭇가지에서 이런 놀이를 목격하고 감탄해,「꽃가지(Der Blütenzweig)」라는 시를 썼다.)

미루나무는 강하게 불어오는 축축한 바람에 기꺼이, 두려움 없이, 용감하게 가지와 잎을 온전히 맡겼다. 천둥 번개가 치는 날, 미루나무가 함께 부르는 노래와 뾰족한 꼭대기로 하늘에 쓰는 글자들은 아름답고 완벽했고, 명랑하면서 진지했고, 행동이자 감내였고, 놀이이자 숙명이었다. 모든 대립과 대조가 들어 있었다.

나무를 그토록 심하게 흔들고 휘게 했으니 바람이 승자이자 강자일까? 아니다. 나무가 매번 유연하게 숙여 바람을 흘려보내고 금세 다시 환희에 차서 돌아왔으니 나무가 승자이자 강자일까? 아니다. 그것은 바람과 나무의 놀이였고, 활동과 휴식, 하늘과 땅의 조화였다. 강풍 속에서 무한히 움직이는 나무 꼭대기의 춤 공연은 세상의 비밀을 보여주는 계시 장면이자, 강함과 약함, 선과 악, 행동과 감내의 초월이었다. 나는 그 짧은 영원의 순간에 순수하고 온전하게 드러나는 그 안에 숨어 있던 비밀을, 아낙사고라스나 노자를 읽을 때보다 더 순수하고 온전하게 순식간에 읽었다. 그리고 이때도 이 장면을 언젠가 보았던 것처럼, 그 글을 읽었던 것처럼 느껴졌고, 이런 순간은 봄의 선물일 뿐 아니라, 수년과 수십 년의 미로와 길, 어리석음과 노련함, 쾌락과 괴로움에도 필요했음을 깨달았다. 그리고 완전히 어린아이처럼, 미숙하고 아무것도 모르는 사람처럼 이 장면이 내게 선물한 사랑스러운 미루나무를 느꼈다. 앞으로 수많은 서리와 눈이 이 나무를 괴롭히고, 때때로 강풍이 흔들어대고, 때때로 번개가 쳐 나무를 다치게 하리라. 이 나무도 나처럼 현실을 알고 순응해 마침내 위대한 비밀을 갈망하게 될 때까지.

수천 년 전 한때

불안하게 그리고 떠나고 싶은 욕망으로
조각난 꿈에서 깨어나
그의 지혜를 듣는다, 속삭이네
나의 대나무가 밤에

쉬는 대신, 누워 있는 대신
늙은 노인에게서 나를 끄집어내
질주의 길, 날아오르는 길
무한의 길로 떠나라 하네

수천 년 전 한때 있었지
고향이, 정원이,
새의 무덤이 있는 그곳 꽃밭
사프란이 눈을 뜨고 빤히 내다보았지

새의 날개를 활짝 펴고

나를 속박하는 궤도를 벗어나

저 너머 그 시절로 돌아가고파

그 시절의 황금빛이 여전히 반짝이는 나에게로

산에서

노래하라, 나의 심장아, 오늘은 너의 시간!
내일, 그때면 너는 죽어 누워 있으리니:
별이 빛나고, 너는 그것을 보지 못하리
새들이 노래하고, 너는 그것을 듣지 못하리 ―
노래하라, 나의 심장아, 너의 시간이 허락하는 한
너의 덧없는 시간!

별처럼 반짝이는 설산 위에서 해가 웃는다
계곡 위에 높이 뜬 구름이 조용히 원을 그린다
모든 것이 새롭고, 모든 것이 이글대고 반짝인다
짓누르는 그림자도, 아프게 하는 근심도 없다
숨을 쉰다는 건 기분 좋은 일, 축복
기도, 노래
숨 쉬어라, 영혼아, 해를 향해 활짝 열어라
너의 덧없는 시간이 허락하는 한!

삶은 달콤하다, 기쁨과 고통도 달콤하다
바람에 흩날리는 모든 눈송이가 축복이다
나는 축복, 나는 창조의 심장
나는 땅과 해의 어여쁜 아이
한 시간 동안
웃는 한 시간 동안
눈송이가 바람에 날려 먼지처럼 흩어지기까지

노래하라, 나의 심장아, 오늘은 너의 시간!
내일, 그때면 너는 죽어 누워 있으리니:
별이 빛나고, 너는 그것을 보지 못하리
새들이 노래하고, 너는 그것을 듣지 못하리 —
노래하라, 나의 심장아, 너의 시간이 허락하는 한
너의 덧없는 시간!

죽음

죽음을 생각하는 것은 위로일 수 있다. 생기가 줄어들며 죽음에 가까워질수록 기본적으로 삶의 두려움도 같이 줄어든다고, 나는 믿는다. 죽음을 더 가까이 더 확실히 알게 될수록 스스로 죽음을 부를 필요가 점점 없어진다. 죽음은 우리보다 앞서간 모든 이들과 함께 우리를 기다리고 있다.

나는 죽음에 대항할 무기가 필요 없다. 이 세상에 죽음이란 존재하지 않으니까. 그러나 죽음의 두려움은 존재한다. 죽음의 두려움은 극복할 수 있다. 그것에 대항할 무기는 존재하니까.

나의 형제 죽음이여

너는 언젠가 내게도 오겠지
너는 나를 잊지 않고
결국 이 고통
이 사슬도 끊어지겠지

너는 아직 낯설고 멀리 있구나
나의 형제 죽음이여
서늘한 별로
나의 절박함 위에 떠 있구나

그러나 너는 언젠가 내게 가까이 와
불꽃으로 이글거리리 ─
오라, 사랑하는 죽음이여, 나 여기 있으니
데려가라 나를, 나는 너의 것이니

시인이 부르는 죽음의 찬가

나는 곧 세상을 떠나

산산이 흩어지리라

그리고 나의 유골은 모두

다른 것으로 바뀌리라

이름을 날리던 헤세는 사라지고

출판업자만이 헤세의 독자 덕에 살리라

얼마 후 나는 다시 세상에 태어나

모두가 좋아하고

심지어 노인들까지 선한 주름을 지으며

싱긋 웃어주는 사내아이가 되리라

하지만 나는 게걸스레 먹고 마셔대고

이름도 헤세가 아니리라

나는 젊은 여인들 옆에 누워

그들의 몸에 내 몸을 비벼대고

그러다 싫증이 나면 그들의 목을 조를 테고

그러면 사형 집행인이 와서 나를 다시 저 세상으로 보
내리라

얼마 후 나는 어떤 어머니에 의해
다시 세상에 태어나
어쩌면 다시 책을 쓰거나
다시 여인들과 잠을 잘지도 모른다
그러나 나는 이제 태어나지 않은 채
저 세상에 머물며 무(無)의 상태로
아무런 방해도 받지 않는 피안으로
사라지고 싶다
그곳에서 나는 세상의 모든 것을
웃고 웃고 웃고 또 웃어주리라

친구의 부고를 듣고

덧없는 것은 빨리 시들어버린다
시든 세월은 빨리 흩날린다
영원해 보이는 별들이 조롱하듯 내려다본다

영혼은 마음속에서 혼자
아무렇지도 않게 이 놀이를 구경하는 것 같다
조롱 없이 아픔 없이
영혼에게 '덧없음'과 '영원'은 한 가지
똑같이 많고, 똑같이 적다……

그러나 심장은
방어하고, 사랑에 이글거린다
그리고 항복한다, 시들어가는 꽃에
끝없는 죽음의 외침에
끝없는 사랑의 외침에

외로움으로 가는 길

세상이 점점 너에게서 멀어진다
모든 기쁨이 점점 타들어간다
네가 한때 사랑했던 기쁨
재가 되어 암흑으로 변한다

너의 안으로
너는 잠긴다, 너도 모르게
더 강한 손에 붙잡혀
너는 얼어붙은 채 죽은 세계에 서 있다
지금 흐느끼며 너에게 불어온다
잃어버린 고향의 메아리
아이들의 목소리와 부드러운 사랑의 노래

외로움으로 가는 길은 힘겹다
네가 알았던 것보다 더 힘겹다
꿈의 샘도 패배했다

그러나 믿어라! 마지막에
너의 길 끝에 고향이 있으리라
죽음과 환생
무덤과 영원한 어머니

그러나 믿어라! 마지막에
너의 길 끝에 고향이 있으리라

죽음과 환생
무덤과 영원한 어머니

홀로

지구 곳곳

도로와 길을 수없이 간다

그러나 모두에게

같은 목적지가 있다

말을 탈 수도, 차를 탈 수도 있고

둘이서 그리고 셋이서 갈 수도 있지만

마지막 한걸음만큼은

홀로 가야 한다

그러므로 지식도

능력도 소용없다

가장 힘겨운 한걸음

홀로 내디딜 때

죽음이라는 낚시꾼

죽음이 앉아서 미끼로 우리를 낚는다
생명으로 만든 보이지 않는 가느다란 줄을 드리우고
지식도 노력도 아무런 도움이 안 된다
죽음은 끈질기고, 그의 미끼는 마법처럼 매혹적이다

죽음의 낚싯바늘에 걸린 자
모래와 진흙을 파고들며 안간힘을 쓰리라
그러나 죽음은 저 건너 둑이 아니라, 걸린 자 안에 있다!
설령 줄이 끊어지더라도, 그는 이미 패배했다

그는 어쩌면 땅속으로 파고들어 가까스로 도망칠 수 있
으리라
그러나 겁에 질려 한참을 더 땅을 기리라
자유를 기뻐하며 안도하겠지만 헛되다
기쁨이 사라진다, 목구멍에 낚싯바늘이 남았으니

부러진 나뭇가지의 삐걱대는 소리

쪼개지듯 부러진 나뭇가지
벌써 몇 년째 매달려
바람을 맞으며 메마르게 삐걱대며 제 노래를 부른다
잎도 없이, 껍질도 없이
벌거벗고, 창백하게, 너무 긴 삶
너무 긴 죽음에 지친다
노래는 거칠고 끈질기게
고집스럽게 울린다, 남몰래 겁먹은 듯 울린다
한 해 여름을 더
한 해 겨울을 더

노인과 늙은 손

힘겹게 몸을 끌며 남은 길을 간다

기나긴 밤

기다리고, 귀 기울여 듣고, 경계하는 밤

이불 위에 가지런히 포개진 손

늙은 손, 왼손, 오른손

뻣뻣한 나무토막 같은 손, 지친 하인들

그리고 그가 웃는다

하인들을 깨우지 않으려 소리 없이

누구보다 끈기 있게

그들은 해냈다

그들은 아직 젊으니

많은 일을 더 해낼 수 있으리라

그러나 힘겹게 길을 가는 유순한 방랑자는

쉬고 싶고 흙이 되고 싶다

하인의 삶

그들은 피곤하고 지쳤다

주인은 그들을 깨우지 않으려
조용히 그들에게 웃어준다
긴 삶의 궤적은
이제 짧아 보이지만, 남은 길은 길다
하룻밤의 길…… 그리고 아이의 손
청소년의 손, 청년의 손 들이
밤에, 마지막에
서로를 본다

　　나는 인생이란 계속해서 새로운 단계로 올라가는 계단 같은 거라고 생각한다. 한 단계 한 단계 계속 새로운 영역으로 전진하는 것, 이 공간을 떠나 다른 공간으로 건너가는 것, 1악장에서 2악장으로 넘어가는 음악처럼 한 박자 한 박자 연주를 마치고 떠나는 것, 지치지 않고, 졸지 않고 늘 깨어서, 언제나 온전히 지금 여기에 존재하는 것. 성장하고 성숙하고 늙어가는 경험을 통해 나는 이것을 깨달았다. 인생에는 여러 단계와 공간이 있고, 각 단계의 마지막 순간에는 언제나 시듦과 죽음의 울림이 있고, 그다음 새로운 단계와 공간으로 성장하고 성숙해 새롭게 시작한다.

　　모든 꽃이 시드는 것처럼

모든 젊음이 늙음으로 물러난다, 인생 단계가 차례로 만개하고

각각의 진리가 만개하고, 모든 미덕은

자기 때가 따로 있으므로, 영원히 존속해선 안 된다

심장은 모든 인생 단계에

작별과 새로운 시작을 준비해야 한다

슬픔 없이 용감하게

새로운 낯선 단계에 몸을 던져야 한다

그리고 모든 시작에는 마법이 깃들어 있다

어떻게든 살아가게 도와주는 마법이

우리는 기꺼이 공간에서 공간으로 넘어가야 하고

고향 같은 어디 한 곳에 매여 있어선 안 된다

세계정신은 우리를 붙잡거나 옥죄려 하지 않고

우리를 한 단계 높이고 한 단계 넓히고자 한다

우리가 삶의 순환에 아늑하고 편안하게

익숙해지는 즉시, 나태해질 위험이 있고

여행을 떠날 준비가 된 사람만이

마비시키는 익숙함에서 가까스로 도망칠 수 있으리라

아마도 죽음의 시간 역시 우리를 새로운 단계로 보낼 테고

우리를 향한 삶의 부름은 절대 끝나지 않으리……

그럼, 심장이여, 이제 안녕, 부디 건강하길!

참고한 책들

Eine Stunde hinter Mitternacht

Herrman Lauscher

Mit der Reife wird man immer jünger

Jedem Anfang wohnt ein Zauber inne

Stufen : Ausgewählte Gedichte

Das Leben bestehen

인생의 해석

1판 1쇄 인쇄 2026년 3월 3일
1판 1쇄 발행 2026년 3월 20일

—

지은이 헤르만 헤세
옮긴이 배명자

—

펴낸이 백성빈
펴낸곳 반니출판
주소 서울 서초구 서초중앙로 69 806호
전화 02-6204-0491
전자우편 banni@banni.co.kr
출판등록 2025년 10월 13일 (제2025-000266호)

—

ISBN 979-11-24280-44-7 03850

—

책값은 뒤표지에 있습니다.
잘못된 책은 구입하신 곳에서 교환해드립니다.